目次

※本作品の内容はすべてフィクションです。

あるところに、それはそれは美しい一輪の薔薇《ばら》が咲いていました。

けれど薔薇は棘《とげ》でその身を守り、決して誰にも心を開くことはありません。鋭い棘は薔薇を守るだけではなく、触れるひとに痛みを与えてしまうからです。薔薇は、自分に優しくしてくれる誰かを傷つけてしまうことに怯えていました。

ならば薔薇を愛するひとは、いったいどうすれば良いのでしょうか。

砂漠の国の王様が言いました。

「愛するとは奪うこと。そのすべてを奪い、管理して導くことが愛と呼ばれる」

歴史ある国の高名な学者が言いました。

「愛するとは見守ること。そして本当に助けを求めているときにだけ、手を貸してやるのが愛情」

神にすべてを捧げた聖職者が言いました。

「愛するとはただ想うこと。見返りを求めてはいけません。愛することに方法などないのです」

そして、ある国の若き青年公爵が言いました。

「愛するとは——その薔薇を手折るときを見逃さないこと。自らの弱さに溺れて、相手を思いやっているなどと勘違いしないこと。手折った指が傷を負っても薔薇のせいになどしないことではないでしょうか」

公爵の名はリオン・アディンセル。

一点の曇《くもり》もない美しい瞳を細めて、こよなき美貌の彼は傷だらけの両手で薔薇をそっと抱きしめました。

その薔薇に名前はあるのでしょうか。
その薔薇に心はあるのでしょうか。
その薔薇は、自分が愛されていることを知っているのでしょうか——。

第一章　突然のファーストキス

王都の華やいだ一等地に、堂々たる白亜の本館を構えたバークストン公爵邸の一階応接間で、ロージーはテーブルの上のティーカップを見つめて肩をすくめていた。

「あと一ヶ月で十八歳になるというのに、公爵家の娘が婚約すらしていないだなんて笑いものにされてもおかしくないのですよ。それを、あなたといえば兄の背に隠れてばかりで……」

客人である父方の叔母をもてなすために出された紅茶は、すでに湯気も消えて冷め切っている。少なくとも叔母は紅茶が出てきてから冷めるまでの時間、話し続けているということだ。

「ですが叔母さま、母の喪が明けるまでそういった話を持ち込むことは兄が禁じているはずです」

薄水色の瞳に凜とした光を宿して、ロージーは正面の長椅子に座る叔母を見据えた。

豊かな赤毛を軽く結い上げ、墨染めのモーニングドレスに身を包む姪の物怖じしない態度に叔母はフンと鼻を鳴らす。貴婦人らしくもない所作だが、叔母からすれば自分など礼儀を尽くす相手ではないということもわかっていた。

「またそうして、リオンを盾にしようとする。なんて性根の腐った娘かしら。ローズマリー、あなたには何度も言い聞かせたでしょう。もう一度説明が必要だというの？」

四年前に亡くなった父と同じ濃いブルネットにはっきりした顔立ちの叔母は、忌々しげにロージーを睨みつける。不思議なことに、公爵だった父はその強い表情が気品にあふれ、男性らしい精悍さと公爵としての偉大さを感じさせたものだが、面差しが似ていても叔母からは異なる印象を受ける。表面だけ取り繕って侯爵夫人らしく振る舞っていても、こうして裏では気に入らない相手を平気でなじることが貴族らしさだと言われれば、あるいはそれもひとつの真実だと笑うしかないのだが――。

「ともかく、あなたが結婚するまで自分の縁談を考えるつもりがないとリオンが言うのだから、兄のためにもさっさと屋敷を出ていくべきです！　リオンや亡き両親に感謝しているのならば行動で示しなさい、ローズマリー」

――ああ、やっぱりそういうことよね。

わかってはいたけれど、叔母の本心が垣間見えてロージーは視線を膝の上に落とす。

早くに父を亡くし、兄は二十一歳の若さで爵位を継いだ。あれから四年、二十五歳の見目麗しいバークストン公爵は、家族を愛し、守り、慈しみ、それと同じように領地と領民を大切にする優しい領主として名を馳せている。

リオン・アディンセルと言えば、国王からの信頼も篤く、老若男女から愛される当代切っての有名人だ。舞踏会に参加すれば妙齢の令嬢たちの視線を釘付けにし、貴族たちは我先に娘を妹を従姉妹《いとこ》を再従姉妹《はとこ》を紹介しようとする。当然、親類縁者はリオンのためにより良い条件の縁談を探しだして屋敷に集まってきたものだ。

しかし、彼の返事はいつも同じ。リオンは穏やかな笑みを浮かべて、首を横に振るばかりだった。

『せっかく骨折りいただいたというのに申し訳ありません。ぼくのかわいい妹が幸せになるまで、自分の結婚など考えられそうにないのです。ですが、こうしてお話を持ってきてくださったことに心から感謝しております。ありがとう』

輝く金糸の艶《つや》やかな髪を軽く揺らし、青紫の宝玉を思わせる瞳を細めた極上の笑みを前に、誰も彼に逆らうことなどできなくなる。

天は二物を与えずというが、リオンは神の愛を一身に受けたとしか言いようのない芸術的美貌と、誰に対しても誠実であたたかい愛情を注ぐ純粋な心とを兼ね備えていた。

「叔母さま、わたしは両親にも兄にも心から感謝しています。ただ――」

せめて十八歳になるまで、この屋敷でリオンの妹として暮らしたい。

彼女の願いはそれだけだった。

兄が、母の喪が明ける半年後までロージーに縁談を持ち込むことを禁じていることは承知していたが、それが解禁されるより先にこの屋敷を出ていこうと心に誓っている。そもそも自分には公爵令嬢として嫁ぐ資格などない。それをわきまえない日は、事実を知ってから今日《こんにち》までただの一日たりともありはしなかった。

「あなたがどうしても結婚したいと言えば、リオンだって耳を貸すに決まっています。さあ、これを御覧なさい。お相手は隣国の王家の血を引く大富豪よ。本当ならば、あなたのような生まれの人間が目をかけていただくこともない方で――」

叔母が示す釣書に書かれた名前は、ロージーも耳にしたことがある中年の富豪だった。この四年、病床にあった母の看病に明け暮れていたため社交界に顔を出すことはなかったものの、うわさ話は親友のエルシーから聞いている。たしか、この富豪は金にあかせてずいぶんと女性をひどく扱っているはずだ。

――よりにもよって、そんな相手を選んでくるあたりが叔母さまらしいわね。

こうして叔母が訪れるのは、今回が初めてではない。リオンが出かけている隙を狙って、公爵令嬢が嫁ぐべき相手とは思えない成金男性との縁談ばかりを持ち込んでくるのだ。それが、どんな思惑によるものかはわかりきっている。だから、叔母を責める気にはなれない。叔母からすれば自分のような者が、この屋敷で令嬢面をして暮らしていることさえ許しがたいのだろう。

熱弁を振るう叔母を眺めながら、ロージーは冷めた紅茶をひとくちすする。兄のお気に入りの茶葉を使ったのに、冷めてしまったからといって捨てるのは忍びない。しかし、さすが国内最高級の茶葉は冷めても風味が豊かだ。

ロージーが反論も諦めて紅茶を味わっていると、応接間の重厚な扉がギイッと音を立てて開いた。

「ずいぶんと楽しそうですね、叔母さま。ぼくのかわいい妹となんのお話ですか？」

そこに立っていたのは屋敷の当主であり、バークストン公爵であり、ロージーのたったひとりの家族である兄――リオンだった。

長めの金髪を白い手袋を着用した手でかきあげると、兄は優雅に微笑みを浮かべる。秀でたなめらかな額《ひたい》と弧を描く眉、濃い睫毛と深い二重まぶたの下にきらめく青紫の瞳は、眉目秀麗という言葉を体現しているとしか思えない。

誰よりも美しく、誰よりも優しく、そして誰よりも妹のロージーを愛する公爵の帰宅に、叔母は取り繕った言葉で場をごまかそうとした。

「ま、まあ、リオン！　早かったのね。今日はいいお話を持ってきたのよ。この子もとても喜んでくれて。ねえ、ローズマリー？」

――誰が喜ぶものですか。

心のなかでは慌てる叔母に呆れ、それでもロージーは長椅子から立ち上がって兄に会釈した。叔母の発言に対しては、軽く微笑みを浮かべただけで肯定も否定もしないままに流すのが手っ取り早い。

「おかえりなさい、おにいさま。今日も一日お疲れさまです」

領地の管理や曽祖父の代から続く商会の業務もあるが、近年リオンがもっとも時間を割いているのは国王陛下の執務補佐だった。

王立学院時代の学友であり、予期せず早々に父を亡くした同士でもある国王とリオンが懇意にしていることは有名な話だ。有能で見目麗しく、裕福な若き公爵というだけではなく、国を束ねる王とも親しいとなればリオンの株の上がり具合は想像する必要もない。

「ただいま、ロージー。叔母さまのお話の続きはぼくが聞いておくから、きみは部屋に戻っているといい」

静かに応接間を横切って歩いてくると、リオンは妹の頭をぽんぽんと軽く撫でた。大きな手のひらに安堵すると同時に、ロージーはほんの少しだけ胸が痛くなる。

この屋敷を出て公爵令嬢の名を捨てることに未練などないが、そうなれば二度とリオンと会うことはできないだろう。十八歳の誕生日まであと一ヶ月。兄と過ごす時間は限られている。

「妹は長年母の看病ばかりしていて、十七歳とはいっても世の中のことには少々疎いのです。どうぞ、代わりにぼくにお話を聞かせてください」

兄の微笑みの魔法に逆らう術《すべ》など誰も持ちあわせていないことを知りながら、ロージーは叔母の様子をちらりと窺った。

血のつながった叔母さえも恍惚とするほどの典雅で流麗な仕草、麗しい笑みを浮かべ、リオンが視線でロージーをうながす。

――かわいいロージー、部屋へお戻り。

そんな声が聞こえてくるような優しい表情に、ロージーは小さく頷いた。

「それでは、わたしはこれで失礼いたします。叔母さま、どうぞごゆっくり」

さて、ロージーの挨拶が叔母の耳に届いていたかどうかは定かではないが、彼女は兄に感謝しながら応接間をあとにした。


曽祖父から父までの三代、長きにわたり宰相を務めたバークストン公爵家は、フィアデル王国でもっとも由緒正しき中枢貴族だ。

ロージーは先代公爵である父と公爵夫人の母、そして七歳上の兄に囲まれて何不自由なく育った。幼いころは、美しい母に似ていない自分を鏡で見るたびにがっかりしたものだが、母そっくりの美貌に恵まれた兄が誰よりも自分を愛してくれたことで心健やかに暮らしてきた。

たとえそれが偽りの幸福だと知っていても、ロージーはいつまでも愛する家族と共に生きていきたいと願っていたのに、天は彼女のささやかな祈りを聞き届けてはくれなかった。

四年前、宰相として手腕を振るっていた働き盛りの父が馬車の事故で命を落とした。その後、悲嘆に暮れた母は病にかかり長らく病床生活を強いられた。そして半年前、母の病は治ることなくついに父の待つ天国へ召されてしまった。

威厳ある父と美しくたおやかな母を喪《うしな》い、悲しみに沈むロージーを支えてくれたのは兄であるリオンだった。

元来、明るく芯の強いロージーも、愛する家族を相次いで亡くしたことで生きる気力を失いかけていた。特に四年間ずっと看病してきた母の死は心に重くのしかかり、自分の力不足のせいで母を助けられなかったのではないかとまで思い悩んだ。

同じ痛みを知る兄は、決して強い言葉でロージーを励ますことはしなかったが、ひたすら彼女の隣に寄り添ってくれた。それまでは仕事が忙しく、朝食以外は一緒にとる時間もなかったというのに、国王陛下に談判して妹と過ごすための時間を確保したらしい。

言葉ではなく態度で、兄は自分が孤独ではないのだと教えてくれた。リオンらしいといえばリオンらしいやり方だった。押しつけがましい説教や、背中を叩くような方法を彼は選ばない。思えば昔からそういうひとだった。

少しずつロージーが生来の明るさを取り戻しはじめてきたころ、屋敷にこもりがちだった彼女にリオンは中庭の散歩を提案した。母の生前、ロージーは庭にある薔薇園を何より愛して手入れをしていたのだが、長らく放置していたことをそのときにやっと思い出した。

父のお気に入りの高貴な薄紫のバラや、母の愛したかわいらしいオールドローズ、リオンがロージーのために植えてくれた珍しいクォーターロゼット咲きの白い一輪咲き――。

どれもが、今となっては朽ちているかもしれない。そう思うと手入れを怠った身としては、薔薇園に足を運ぶのが怖くなる。幸福の記憶までもが枯れ果ててしまうような気がして。

「……バラはきっと枯れてしまったわ。わたし、ずっと水やりもしなかったんですもの」

うつむくロージーの両手をとり、リオンは春風のようにやわらかな笑顔を見せた。

「心配いらないよ、ロージー。侍女たちに手伝ってもらって、ぼくが育ててきたんだ。それに、きみが屋敷にこもっている間にステキな変化だってあったんだよ。そんなに寂しそうな顔をしないで。一緒に薔薇園を見に行こう」

灰白色の石畳が緻密に織りなす散策路を辿ると、その先には彼女の知らない屋根が見えてくる。かつて毎日訪れていた古い薔薇園とは似ても似つかない。硝子《がらす》張りの瀟洒《しょうしゃ》で豪奢な建物が待っていた。

透明な硝子の壁に囲まれて、明るい光の中に色とりどりのバラが咲き誇っている。あれはアンティーク調のエマレッタ、スモーキーがかったピンクはクラシカルなクレア、白い花弁に明るい桃色の覆輪のアクロポリス――。

「おにいさま、これは……どんな魔法なの？」

目を瞬《しばたた》くロージーの手を握り、リオンがはにかんだ。何も言わず頷くだけで、魔法使いが誰なのかは一目瞭然だった。

色とりどりのセイジに囲まれた小径《こみち》の向こう、太陽の光を反射させる建物は妹を少しでも元気づけようとリオンが改築を決めた結果だ。

真新しい温室型の薔薇園は、咲き誇る花たちを取り囲む側壁に特大の硝子をふんだんに使用し、四方どこからでも光が射し込む。天井はドーム状に中央が高くなっており、バラを眺めながらティータイムを楽しめるよう長椅子とローテーブルまで準備されていた。

「なんて美しいのかしら……。わあ、見て、おにいさま、空に手が届きそうよ」

天窓を見上げてはしゃいだ声をあげる妹を、リオンはいつもどおり穏やかな笑顔で見守ってくれる。そのとき、ロージーはやっとわかった。

――わたしはひとりなんかじゃない。

こうして自分のことを案じて時間を割き、ただ彼女の喜ぶ顔を見たいがゆえに薔薇園の改築までしてしまう兄がいる。

同時にロージーは気づいていた。侍女の手を借りていたと言っていたけれど、いつも手入れの行き届いていたはずの優美な兄の手が傷だらけになっていることを。

公爵自ら、バラの世話をしてくれていたのだ。黙して語らない彼の優しさに触れて、ロージーはひたすら自分を恥じた。

両親を亡くしたのは兄も同じだというのに、自分ばかりが悲しんでいたという、あまりに身勝手な日々を悔やんだ。

「おにいさま、ありがとう。それと、ごめんなさい……」

「どうして謝るの？　ロージー、そんな泣きそうな顔をしないで。きみが笑ってくれたら、ぼくはそれだけで世界一の幸せ者になれるんだから」

決して自らの苦労を口にすることはなく、兄はいつもロージーのために尽力してくれる。

誰よりも美しいのは、リオンの姿形ではなく心のほうだとロージーは改めて感じていた。

そして、最愛の兄に守られて生きてきた十七年間に心から感謝した。

――だからこそ、この屋敷を出ていこうと決心することができたのかもしれない。

「ロージー、入ってもいいかな?」

自室に戻り、ピアノを前にぼんやりと譜面を眺めていたロージーの耳に、控えめなノックと兄の声が聞こえてきた。

「はい、どうぞ」

きっとリオンは、優しい笑顔と有無を言わせぬ穏やかな声で叔母を撃退してしまったのだろう。ふたりの会話は想像がつく。叔母を見送ったその足で、兄はロージーの様子を見に来たに違いない。

――そんなに心配しなくても、わたしはもう小さな子どもじゃないのにね。

十八歳の誕生日を一ヶ月後に控えているとはいえ、兄の目にはいまだに自分が幼い少女の姿で見えているのではないかと思うことがある。それだけリオンに手間をかけさせ、気を遣わせてきてしまったのだと反省しながら、ロージーはピアノの前の椅子から立ち上がった。

「ぼくが屋敷をあけると、みんなこぞってロージーに縁談を持ってきてしまう。本当に参ったね」

軽く茶化すことで、妹の気を軽くさせようとリオンは肩をすくめて見せる。

今日の彼は濃灰色のフロックコートに、朱金の刺繍を施した中着をまとっていた。ゆるめに結んだクラヴァットには十字架《クロス》を模したピンが留められ、中央の交差する部分に瞳と同じ青紫の宝石《いし》が輝いている。

「きみがこんなに愛らしく育ってしまったのが原因かな。いつまでも屋敷に閉じ込めておきたいと願うぼくが間違っているのはわかっているんだけど……」

「もう、そんなことないわよ！　おにいさまったら、何を勘違いしてるの？　わたしなんて、公爵家の娘でなければ誰も縁談を持ちかけたりしないわ」

誰もが賞賛する美貌の兄と並んで育ったロージーは、自分の外見を実際よりも卑下してとらえる傾向にあった。だが、それも仕方がない。それほどまでに、リオンの輝きは強すぎる。完璧な美を前にすると、誰もが彼に目を奪われてしまう。

「どうしてきみは自分のことになると否定的なんだろう。ロージーは誰よりもかわいらしいよ。やわらかな赤毛も、空を映す湖面のように澄んだ薄水色の瞳も、バラの花びらを思わせる小さな唇もすべてが愛しくて、ぼくはいつだって触れたくてたまらなくなるというのに」

小さな妹をあやして愛でたいという以上の意味ではないとわかっているけれど、そんな言い方をされたらまるで彼が、自分をひとりの女性として見ているのではないかと勘違いしたくなる。

——馬鹿ね、わたしったら。そんなわけ、あるはずもないのに……。

気づけば、目の前に立つリオンがそっと彼女の頬に右手をあてていた。先刻、帰宅したときに着用していた手袋は見当たらない。指先から伝わる兄のぬくもりに、ロージーはかすかに胸が高鳴るのを感じた。

「妹だからって、そんなに贔屓目《ひいきめ》で見なくていいのよ、おにいさま。自分の容姿はわたしがいちばんよくわかっているんだから」

冗談めかして肩を落とすと、彼女はリオンと距離をとるために窓際へ歩き出す。

そばにいれば離れたくないと思ってしまう欲張りな心を知っているからこそ、必要以上に兄に近づかないことを心がける。それは、ロージーの精一杯の自制だった。

――わたしたちは、ただの兄と妹。おにいさまはそう思ってくれているのだから、勝手に胸を痛めるなんて失礼な話でしかない。

少なくともリオンは、ロージーが自らの出生に関わる秘密を知っているとは思いもよらないはずだ。そう、兄はいつも兄として接してくれている。

薄氷の上に立つような儚い幸福であっても、最後の瞬間まで享受していたいと願うロージーは、自分の心に鍵をかけていた。

「でも、縁談には興味がなかったから、うまく断ってもらって助かったわ。おにいさまがなかなか婚約もなさらないせいで、みんな目の色を変えてわたしの縁談を急がせるんですもの。まずは先におにいさまがお相手を選んではどうかしら？」

彫り模様が美しい木枠の窓に手を添えて、兄に背を向けたままでロージーは努めて明るくそう言う。

本当は、兄が結婚する姿など見たくないと思う気持ちもあった。誰よりも優しくて妹思いの彼も、結婚すれば妻を優先するようになるだろう。リオンにとって唯一無二の家族という立場は、本来自分などが居座っていい場所ではないと知りながら、それでも幸せで――。

だが、ロージーは心から兄の幸せな縁談を望んでもいる。たったひとりの兄だからこそ、世界一幸福でいてほしい。公爵家の血を引くリオンが幸せになるのは、両親の望みでもあるはずだ。

「きみはたまにとても残酷なことを言うね、ロージー。わかっていてぼくを傷つけたいのかい。それとも、ぼくの想いを試している？」

突然、思いもよらない兄の逆襲を受けて、彼女はぱちぱちと長い睫毛を上下させる。これもリオン一流の気遣いか、あるいは冗談のつもりなのか。

「おにいさまったら、たちの悪い冗談は……」

軽くいなして済ませよう。そう思った彼女の背に、退《ひ》くつもりはないと言いたげな声が覆いかぶさってくる。

「冗談だなんてひどいな。ロージーは小さいころ、ぼくのお嫁さんになるんだって言ってくれたでしょう」

「それは……！　わ、わたしだって子どもだったの。兄妹が結婚できないことも知らないぐらい昔の話よ」

「……でもぼくは忘れないよ。きみの――は、ぼくが奪うって決めているから」

背後で小さくひとりごちるように言った兄の声は、いつもの彼とは違って昏《くら》い響きを感じさせる。しかし、それはごく小さな声だったのでロージーはリオンが途中なんと言ったのか聞き取れなかった。

「ねぇ、おにいさま、最近少しおかしいわ。お疲れなのでは？」

振り返る彼女の黒いドレスが、ふわりと裾を揺らす。結い上げた赤い髪を、目尻の上がった大きな薄水色の瞳を、兄が眩しげに見つめていた。

「そうかい？　ぼくのどこがおかしいのかな。いつもと何も変わらないよ。それよりロージーこそ、そろそろ気づいてくれてもいいと思うんだけど」

「……気づくって何に？」

問いかけながら、不安に心臓が大きく音をたてるのを感じる。もし、リオンの言っていることが彼女の出生にまつわる秘密の話だとしたら、彼は自分を見捨てようとしているのかもしれない。真実を知りながら、気づかないふりをするロージーをもどかしく感じているのだとしたら――。

「ふふ、そうやってわからないふりをするきみはかわいいね。やっぱり誰にもあげられない。ぼくが全部、奪ってあげる」

「ヘンなおにいさま。何を言っているのかぜんぜんわからないわ」

本当のことを言えないほど、彼女は今の生活を愛していた。優しい兄と暮らす幸福な家。別に、公爵家という家柄にすがりついているわけではない。リオンというただひとりの家族を愛し、そばにいる安寧を手放したくないだけだ。

「なんでもないよ、ロージー。そうそう、縁談の話だったね。——うん、ぼく自身はまだ、結婚なんて考えていないんだ。何より、きみがいてくれればそれで満足だよ」

先ほどのリオンらしからぬ発言は、何かの聞き間違いだったのかもしれない。今、ロージーの耳に届く兄の声はいつもと同じで、高すぎず低すぎず、それでいて上質の天鵝絨《ベルベット》を思わせるなめらかな艶を帯びていた。

「おにいさまがそんなふうだから、叔母さまはさっさとわたしを片付けようとするのよ？」

「大丈夫、そんなことはぼくが絶対にさせないから……ね」

母の喪が明けるまで、ロージーに縁談を持ち込まないようにとリオンは気遣ってくれている。しかし、それが過ぎれば今のままではいられない。ロージー自身は、一ヶ月後の誕生日のあとに公爵家を離れようと考えているのだから、縁談などいずれにせよ受けるつもりはなかったが、兄はいったいどう考えているのだろう。

かすかな困惑を感じながら彼女の見つめる先で、リオンは無言のままピアノの前に座った。

長い指が鍵盤に置かれると、空気がピンと張り詰める。世界に甘やかに語りかけるように、リオンはゆっくりと指をすべらせた。

彼の奏でる曲は、いつもロージーの心を惑わせる。子どものころから幾度となくその演奏を聴いてきた。

従姉妹とケンカをした日も、大好きな人形が壊れてしまった日も、兄と妹では結婚できないと知って悲しんだ日も、リオンはロージーのためだけにピアノを弾いてくれた。

たくさんの思い出は、心の引き出しにしまってある。遠くない未来、この優しいひとと離れ離れになったとしても積み重ねた年月は消えやしない。

終わりを決めたのは自分だ。それなのに、美しい旋律を聴きながら目を閉じると、涙があふれそうになる。ひたすらに優しさを感じさせながら、胸の奥深い部分に封じた感情を喚起させる不思議な演奏。

――どうして、このひとはわたしの兄なんだろう。ううん、そうでなければおにいさまと出会うこともなかったのだから、妹として愛してもらえるだけで感謝しなければいけないのに。

目を開けていると、きっと泣いてしまう。

ロージーは兄の奏でる音に心を委ねて、静かに静かに目を閉じた。

† † †

「まあ！　じゃあ、来週の舞踏会にはロージーも来てくれるのね。うふふ、とっても楽しみだわ」

心地好い昼下がりの太陽光が射し込む部屋で、久々に訪れた親友は長椅子に腰を下ろして妖精のように愛らしい笑顔を見せる。

亡き父の親友であるバラクロフ伯爵の末娘、エルシーとは幼いころからの付き合いだ。母の看病に追われてばかりいたロージーが茶会《サロン》や舞踏会に顔を出さなかったのは言うまでもないが、その間もエルシーだけは折を見て屋敷まで足を運んでくれていた。

エルシーは年齢こそロージーより一歳上だが、外見は二歳も三歳も下に見える。童顔に小柄で華奢な体軀と、顔の半分もありそうな大きな愛らしい瞳が彼女の年齢をわからなくさせていた。

腰まである長い白金髪に、すみれ色の瞳、目尻がちょんと下がっていて、まるで耳のたれた白ウサギを思わせる可憐なエルシー。たとえ無表情でいても微笑みを浮かべたように見える愛くるしい顔立ちの彼女の内面は、見た目と裏腹になかなか骨がある。

ただし、常に浮世離れした印象のふわふわした話し方と、本音を見せない不思議な空気をまとっているため、エルシーの本性を知る人間は少ない。

一見、勝ち気そうに見えるロージーが本質的に脆さを抱えているのとは対照的に、儚げなエルシーは自分の考えを決して曲げない芯の強さを秘めていた。

「べ、別に舞踏会なんてそんな楽しみにするほどのことじゃないし……」

あまりに親友が喜ぶので、気恥ずかしくなったロージーは思ってもいないことを口走って、自分の不器用さにうつむく。

母亡きあと、長らく落ち込んでいたこともあり、兄がエルシーの父であるバラクロフ伯爵の催す舞踏会に誘ってくれたのを本当は嬉しく思っていた。それもただの舞踏会ではない。ロージーが楽しめるようわざわざエルシーの屋敷で催される会を選んでくれたことが嬉しかった。

「うふふ、ロージーったら本当に素直じゃないんだから。でもわたし、あなたのそういうところってかわいいと思うの」

「はぁ……。エルシーにだけは、かわいいなんて言われたくない」

国内広しといえど、今の社交界でエルシー・キャリントンを知らない男性はいないだろう。貴婦人たちの注目の的が兄であるリオンならば、青年貴族たちの心をとらえて離さないのはエルシーで間違いなかった。

「そーお？　わたしだったら、リオンさまに美しいって言われるほうがずーっとイヤだと思うけど？」

「………………考えたくもないわ」

よりによって、平凡な外見の自分の周囲になぜこれほどまでに麗しい人間が多いのか。考えると頭が痛くなってくる。ふたりともロージーをかわいがってくれるのはありがたい。ロージー自身、リオンのこともエルシーのことも大好きなのだ。ただし、類《たぐい》まれなる美形から「かわいい」「愛らしい」と褒められるのがどれほど胃が痛い思いか、ふたりともわかっていない。

「今度の舞踏会は、秘密の客人もいらっしゃるそうよ。お忍びでお后候補でも探すのかしらね」

「お后……候補？」

その言い方では、客人は王族としか考えられないが、華やかな舞台と縁遠い生活をしてきたロージーには誰が来るのか思いつきそうになかった。かろうじて知っているのは、兄が懇意にしている国王陛下くらいのものだ。

「まあ、わたしには関係ない話よ。なんと言っても、殿方は仕事が少なくて身分なんかたいしたことないのが一番ですからね」

すでに嫁いだ姉四人を見て育ったエルシーは、貴族令嬢にしては独特な考えの持ち主だった。貴族でなくとも、多くの女性たちは身分の高い男性から求められることを夢見ているというのに、エルシーは求婚してくる貴族たちを片っ端から断っている。それどころか「できるなら、お金も身分もいらないからわたしとずっと一緒にいてくれる人と結婚したいな」と言い出す始末だ。

――でも、わからなくはない。

貴族の家に生まれたからには、家の繁栄のために結婚をするのが当然だと理解している。けれど頭でわかっているのとは別に、愛で結ばれる恋人同士を羨む気持ちも存在する。少女が恋に憧れるのは誰にもとめられない。

そうは言っても、エルシーが貴族たちの求婚を断りつづけていられるのは彼女が父親に守られているからこそである。

エルシーの父、バラクロフ伯爵は末娘を猫かわいがりしていて、エルシーが願うならばその夫となる男性に爵位も譲ると言いかねないほどだ。実際には、五歳になったばかりの嫡男が家を継ぐことが決まっているものの、娘かわいさにバラクロフ伯爵が無茶を言い出してもおかしくないとロージーはひそかに思っている。

「でも、ロージーはずっとお屋敷にこもっていたから、いろんなひとと知り合ういい機会かもしれないわ」

「誰かと知り合いたいだなんて思ってないけど」

一ヶ月後にはこの屋敷を出て公爵令嬢としての身分を捨てようとしている自分に、どんな知り合いが必要だというのか。さすがのロージーも、親友相手といえどその計画は話せずにいた。どこから兄に知られてしまうかわからないし、妹が家を出ていこうとしていると知ればリオンは全力で引き止めるに違いない。

「そんなことばかり言ってると、イジワルな叔母さまに勝手に縁談をまとめられちゃうかもしれないのに？」

「やめてよ、エルシーったら。冗談でもそんなこと、考えたくないわ」

慌てるロージーを見て、エルシーがくすくすと少女らしい笑い声をあげる。どの角度から見ても完璧な愛くるしさを前にして、思わずつられて笑ってしまう。

「わたしね、結婚なんて望んでないの。今はおにいさまの足手まといにならないよう、それで精一杯だから」

ふぅっと息を吐いて、ロージーは座っていた長椅子から立ち上がった。

出生に関わるすべてを明らかにするわけにはいかずとも、兄がどれほど自分にとって大切な存在かはエルシーもわかってくれている。そしてリオンが国内でどのような立場にいるか、今後の期待の大きさも含めてロージーが足手まといになりたくないと願う気持ちは伝わるはずだった。

「リオンさまの足手まといにならないためには、結婚するのが手っ取り早いと親戚一同、口をそろえて言いそうなものじゃない？」

「それは……まあ、言われることもあるけれど……」

「だったら、自力で結婚相手を選ぶのも悪くない案だと思うわ。ロージーって勝ち気そうに見えるけど、いざというときに引いちゃうところがあるもの。自分の意見を貫くより、大切なひとのために身を引いちゃうでしょう？」

言い得て妙な親友の言葉に、ロージーは眉を上げて驚いたふりをする。

言われずとも知っていた。自分の強気な部分は、表層でしかないということを。

本当は弱いからこそ、ロージーは強くあろうとしてきた。特にそれは病床に臥していた母の前で顕著に表れていたと思う。前向きに、元気で明るく負けず嫌いな娘を演じることで、母に病状が重くないと信じさせたかった。

——ううん、それだけじゃないわ……。

秘された出自が、彼女にそうさせた面があるのも認めないわけにはいかない。常に周囲をだましている罪悪感を覚えながら、ロージーは大切な家族に心配をかけないためにも笑ってきた。笑って、怒って、強い自分でいることが愛するひとたちを安心させることだと信じていたのだ。

「ねえ、ロージーはどんな男性が好みなの？」

「えっ？　どんなって……」

白地にピンクの小花が散ったロマンティックなドレスの裾をひらめかせて、立ち上がったエルシーが夢見るような表情で胸元に両手を組む。

「恋愛小説に出てくるような麗しの王子さま？　それとも大人の魅力にあふれた年上の男性？　ああ、もしかしたら異国情緒を感じさせるミステリアスな……」

——わたしの理想の男性は……。

思い描くより早く、ロージーは唇を噛んだ。許されない感情を封じたのは自分自身だというのに、こんなに簡単にあふれでてしまう。自分の意志の弱さが情けなくなる。

「とはいえ、リオンさまを間近で見て育ったら、そこらのハンサムなんて目じゃないわよね」

「な、なんのこと⁉」

「あら、だってフィアデル国内であれほど美しいひとなんて男女合わせてもそうそう見つからないわ。そのリオンさまがロージーにとって男性の基準だとしたら、ずいぶんと理想が高くなってしまうんだろうなと思って」

言いたい放題のエルシーだが、的を射ているところが困り者だ。ただし、外見で兄を理想としているのではなく、ロージーはリオンの内面こそを心から尊敬し、敬愛していた。

「おにいさまはおにいさまだもの。男性だと思って見たことなんてないからわからないわ」

――嘘つき。あのひとが実の兄でないと知っているくせに、わざとそんなことを言って自分をごまかしたいの？

声に出したのも、胸に渦を巻いたのも、どちらもロージーの本音であり偽りでもある。

そんな気持ちを知ってか知らずか、エルシーは困ったように小首を傾《かし》げて微笑んだ。

「ロージーは本当に、まだまだ子どもですものね。恋をするより婚約が決まるほうが早そうで、親友としてはときどき心配になるわ」

今も喪に服した黒のモーニングドレスに身を包んだロージーがかすかにうつむく。

このドレスを脱ぐときは、屋敷を去るときだと心に誓っていた。それなのに、兄に誘われればうきうきと舞踏会へ行く準備をしてしまう。

――わたしの心は、ぜんぜん強くなんかなっていない。真実を知って泣いたあの日と同じ、弱いまま……。

だから彼女は強くあろうとする。弱い自分を知らなければ、強くなる努力もできないのだと言い聞かせて、願う未来のためだけに前を向く。

美しいバラを素手で摘み取っては危険だと子どもでも知っている。無理やり手折れば、その身を守る鋭い棘に傷つけられ、痛い目を見るのは人間のほうだ。

けれど、触れれば棘のあるバラも、遠くに眺めているだけならば痛みを覚えることはない。

わかっていても、人間は美しいものに手を伸ばす。その心を抑えるためにも、強くならなければいけない。

――わたしは、美しいバラと愛する家族さえいてくれたら幸せだった。これ以上の贅沢は望まないって決めているの、そうでしょう？　ローズマリー・アディンセル。

花瓶に生けた大輪のイエローローズに指先でそっと触れると、ロージーは一抹の寂寥感をのみ込んだ。

† † †

夕陽が落ちるより少し早く、侍女頭のメリルを筆頭に総勢十名にも及ぶ侍女たちの奮闘が終わった。なにせ、十四歳になる前から母の看病にかかりきりだったロージーが初めて舞踏会に参加するというのだから、侍女たちの力の入り具合も尋常ではない。

「これで完璧ですわ、お嬢さま」

達成感に相好を崩すメリルを見ていると、ロージーは申し訳ない気持ちにさえなってしまう。

「ありがとう、メリル。みんなもありがとう」

この日のために、リオンが準備してくれたのは美しいローズレッドのタフタをふんだんに使用したドレスだった。長い引き裾は幾重にもレースをあしらい、細い腰からたっぷりと膨らませたスカートは夢のような仕上がりを見せている。

女性らしいやわらかなラインを強調するドレスに合わせて、髪もあまりきつくなりすぎないよう流行のかたちに結い上げた。そこに、薔薇園で育てた生花を美しく飾りつけたロージーは、鏡に映る自分の姿を見てため息をつきたくなる。

この半年、黒をまといつづけた地味な自分が、ドレスひとつでこうも変わるとは！

いや、実際にはドレスだけではなく、侍女たちによる化粧、耳や首もとをきらめかせる瀟洒な装飾品の効果でもある。それでも、鏡に映る自分の姿はロージーの想像以上に淑女らしく、またどこに出しても恥ずかしくないほど公爵令嬢たる風格を持っていた。

「これが、わたし……」

長い睫毛を瞬《しばた》かせ、薄水色の瞳が信じられないとでも言いたげに鏡の向こう側から自分を見つめている。

「ロージー、準備はできたかい？」

そこにやってきたのは、漆黒のフロックコートにそろいの黒いマントをまとったリオンだった。上質の素材を用いているとはいえ、飾り立てる装いとは異なり、兄の選ぶ衣服はいつも品が良い。今夜もリオンは瞳の色とよく似た青紫の宝玉がはめ込まれた十字架《クロス》のクラヴァットピンをつけていた。

「ああ……、なんて美しいんだろう、ぼくの愛しいローズマリー」

しばしの沈黙のあと、リオンはうっとりと夢見心地の表情でそう言う。極上の美貌の主に言われると、自分なりには見栄えのする格好だと思っていても気恥ずかしさに頷けない。なんといっても、リオンの美しさにかなう存在などどこにもいないのだから。

「お、おにいさま、遅れると困るからそろそろ行きましょ！」

鏡台に準備しておいた羽扇を手に、ロージーが急いで兄の横を通り過ぎようとしたとき、純白の手袋をした大きな手が彼女の肘をそっとつかんだ。

「こんな美しい姿を人前にさらすなんて、本当はしたくないんだよ、ロージー。ぼくはきっと不安になってしまう。だから今夜は、決してぼくから離れないと約束してほしい」

青紫の慈愛に満ちた瞳が、じっとこちらを見下ろしている。その眼差しひとつで、耐性のない相手ならば立っていることもできなくなりそうなほどの麗しい魅了眼——。

「もう、冗談はよして！　おにいさまこそ、数多《あまた》の美女たちが手ぐすねを引いてお誘いを心待ちにしているのだから、わたしのそばになんていられない……でしょ？」

心の底まで見透かされる気がして目をそらした。それでも見つめられている気配は感じる。

どうしてそんな目で見るのだろう。

自分と違って、リオンは舞踏会など飽きるほど参加しているはずだ。今まで、どれほどの美女の手をとったか彼にも数えられないのではないかと思う。

——初めて舞踏会に参加するわたしを気遣って褒めてくれているんだわ。会場につく前から自信を喪失しないように。おにいさまはいつだって優しいから。ただそれだけよ。浮かれてはダメ。

「きみは本当に無自覚だね。そしてぼくに対してひどく鈍感だ。だけどそんなところも愛しいよ」

「なぁに、それ？　最近のおにいさまは、なんだかおかしいわ」

今夜はきっと、最初で最後の舞踏会になる。ロージーにだけはそれがわかっていた。

兄との思い出をひとつでも多く作りたくて、こうして分不相応なドレスをまとった。出会いなど最初から期待していないのだ。彼女が願ったのは、たった一度でいいからリオンの手をとってワルツを踊ること、それだけだったのだから。

「ぼくをおかしくさせるのはただひとりの姫君だよ。さあ、お手をどうぞ、お姫さま」

恭《うやうや》しく膝を曲げて手を差し出すリオンに、ロージーはかすかな胸の痛みを感じる。

もしも兄と妹として出会わなければ、彼は自分になど見向きもしなかったのだろう。そうでなければ若く美しい公爵の目に留まる人生は、ロージーには準備されていなかった。

こうして出会ったことを感謝しながらも、彼を知らなければ感じずにいられた悲しみがあることを自覚して、ロージーはそっと右手を伸ばす。

「今夜、ぼくはきみの下僕《しもべ》だよ、ロージー」

世にも美しい微笑を浮かべ、リオンは妹の手を取り歩き出した。

夢の宴が始まろうとしている。

たった一夜《ひとよ》の、美しい夜が——。


読みが甘かった。

ロージーが後悔したのは、舞踏会会場である大広間に到着するより前だった。馬車回しに降りたときからずっと、参加者の女性たちが羨望の眼差しを向けてくる。理由は考えるまでもない。隣に並び、最高のエスコートをしてくれる兄公爵こそが、彼女たちの熱い視線の所以《ゆえん》だろう。

「そんなに畏縮しなくて大丈夫。きみは会場の誰よりも美しいんだからね」

視線を気にしてうつむいたロージーに、リオンが耳元でささやく。甘く心を溶かす彼の声こそが、いっそう彼女を緊張させるなど兄は気づきもしない。

当初は女性の視線ばかりに気を取られていたロージーだったが、よくよくあたりを見回せば、老若男女を問わず会場の誰もがリオンと自分の様子を窺っているのがわかる。あからさまな眼差しや、ちらちらとかすめるような視線、羽扇で口元を隠した貴婦人たちの詮索の声——。

人々の好奇心に辟易し、うつむいて黙りこんでいると、リオンがひょいと覗きこんでくる。

「ロージー？　どうしたの、そんなに下ばかり見て。まだダンスのステップを確認するには気が早いよ。ぼくが導いてあげるから、きみはすべてを預けてくれていいんだよ」

「……そういうことじゃないのよ、おにいさま」

ロージーは懸命に笑顔を取り繕った。うつむいてばかりいては、いっそう人々の興味関心を煽《あお》ると考え直したのだ。

どうせ話題になるのは、ロージーの素性が明らかになるまでの短い間だけだろう。若く美しいバークストン公爵が女性を同伴してきたから、誰もが相手を知りたがっている。いったいどこの令嬢が、彼《か》のリオン・アディンセルを射止めたのかと気が気でない者もいるかもしれない。

ならば堂々と妹であることを周囲に宣言したほうが、よほど気楽になると考えたのだが――。

「まあ、リオンったら！　来てたなら声をかけてくれればよかったのに」

遠巻きな喧騒とごく近い距離の静寂に囲まれた二重構造を一瞬で破ったのは、聞き覚えのある女性の声だった。リオンの右側――つまり、ロージーが立つのと反対側に立っている声の主は、幼いころからよく見知った相手だ。

「ブリジット、きみも来ていたんだね」

兄の声に、ロージーは心のなかでだけがっくりと肩を落とした。現実にその所作をこの場面でできるほど、肝は据わっていない。

「ごきげんよう、ブリジット」

リオンばかりに媚を売り、ロージーを完全にいないものとして無視している従姉妹相手でも挨拶くらいはするべきだ。

ブリジット・フラッシャー。彼女こそが、ロージーに出生の秘密を明かした張本人であり、父の妹である叔母の娘だった。

ブルネットを豪華に結い上げた従姉妹は、羽扇とそろいの髪飾りを揺らめかせてリオンを上目遣いに見つめている。口元のほくろが艶《なま》めかしく、ロージーから見ても妖艶さを感じる美女だ。

「ねーえ、リオン。そういえば聞いた？　先月、ユーファスったらね……」

それにしても、完全にリオンしか目に入っていない従姉妹の態度にはいっそ清々しさを感じる。今さら傷つくこともないけれど、こうしてロージーがリオンの隣にいる間ずっと彼女は自分を無視するのだろう。そのせいで、リオンが対応に苦慮することが心配になってくる。

――うーん……。これなら、わたしが席をはずしたほうがいいわね。

今宵の舞踏会は親友の家で行われているのだから、ロージーがエルシーに挨拶に出向いてもおかしなことはないはずだ。そう思いついた彼女は、つんと兄のフロックコートの袖を引いた。

「おにいさま、少し失礼してわたしはエルシーに挨拶をしてきます」

何か言いたげなリオンの返事を待たずに、ロージーはそっとその場をあとにした。

あれはまだ、ロージーが自分を公爵家の令嬢だと信じきっていたころのことだ。

十歳にもなっていなかった彼女は、頻繁に屋敷を訪れる父方の叔母と従姉妹のブリジットが苦手だった。

父と同じブルネットの髪をした叔母親子は、兄であるリオンに対してはいつも笑顔で楽しそうに話しかける。それなのになぜかロージーに対してだけ人前では無視を徹底し、人のいないところでは子ども心にも悲嘆に暮れるような罵りの言葉を投げかけてきた。

——どうしてわたしだけ、ブリジットと叔母さまに嫌われてしまうんだろう？

幼いロージーには、その理由が見当もつかなかった。当然といえば当然だが、そんな態度も叔母たちの癇《かん》に障《さわ》ったのだと思う。

「ねえ、ブリジット、どうしてわたしのことだけ仲間はずれにするの？　おばさまもブリジットも、ロージーのことがキライなの？」

理由がわかってしまえば愚鈍の極みのような質問だったのだが、事実を知らずに暮らしていたロージーが疑問を抱くのも当たり前だった。

「さわらないでよ！　あんたにさわられると、汚いのが伝染《うつ》るってママが言ってたわ！」

小さな手でエプロンドレスの裾をつかんだロージーを、ブリジットはにべもなく突き飛ばした。土で汚れたおろしたてのサマードレスの裾を見て、半べそになりながら幼いロージーは懸命に訴える。

「家族みんな、仲良くしましょうってお母さまが言ってたもの。ブリジットだっておばさまだって、親戚でしょ？　なのにどうして……」

薄水色の瞳いっぱいに涙をためたロージーを見下ろし、従姉妹はさも苛立たしげにフンと鼻を鳴らした。淑女らしくもない態度だが、それを指摘すれば彼女はますます怒るに違いない。今になって思い出せば、その仕草はブリジットの母親である叔母とそっくりだ。

「親戚だったら私だって仲良くするわよ。でもね、ママから聞いたの。あんたは伯父さまと伯母さまの娘でもなければ、リオンの妹でもないんですって！　メイドが産んだどこのウマノホネとも知れない男のオトシダネのくせに、親戚なんて図々しいわよ！」

子どもにはわからない単語が多かったが、ブリジットが言わんとしている意味は察することができた。

――ウソだわ、そんなの。わたしはお父さまとお母さまの娘で、おにいさまの妹だもの。

言い返そうとしたロージーに、ブリジットがさらなる悪意の矢を放つ。

「伯父さまはママと同じブルネットで、伯母さまとリオンはキレイな金髪よね？　だったらどうしてあんただけ、貧乏くさい赤毛なの？」

「それは……」

どうしてロージーだけ、お父さまともお母さまとも髪の色が違うの？　――以前、両親に向かって尋ねたことがあった。母は瞬時に青ざめ、父はそんな母をなだめるように抱きかかえて首を横に振った。

「いいかい、ローズマリー。髪の色は必ずしも両親のどちらかと同じになるわけではないのだよ。おまえの亡くなったお祖父さまは赤みの強い茶髪だったから、きっとそれが遺伝したんだろう」

「ふぅん……？」

父の語る言葉よりも、今にも崩れ落ちそうだった母の姿が強く印象に残っている。両親と髪や瞳の色が違うだけで、本心から血がつながっていないと思う子どもはそういない。冗談めかして言ったつもりが、想定したよりも深刻な事態になってどう対処していいか迷う羽目になるとは思いもよらなかった。

――だから、あのときお母さまは……。

ロージーは不安を振り切るように顔を上げる。

「ブリジット、いじわるなことを言うのはやめて！」

ブリジットはロージーより一歳上なだけで、彼女自身がロージーの出生を知っているわけではない。叔母が嘘をつく理由は思い当たらないが、なんらかの事情で娘にそう教えた可能性はある。

「いじわるじゃないわ。リオンだって知ってるのよ。だから、あんたのことをかわいそう

なんて信じたくはなかった。

薄水色の大きな瞳から、ぽろぽろと涙のしずくがこぼれ落ちる。両親も兄も自分とはなんら関わりのない赤の他人で、かわいそうな身の上を哀れんで養女としてくれただけだなんて信じたくはなかった。

世界で一番大好きな兄が、本当の兄ではないとしたら——。

「ちがう……、ちがう、おにいさまはそんな……」

に思って優しくしてくれてるの」

「泣けばいいと思って、これだからゲセンなヒキョウモノは……」

言いかけたブリジットが、遠くから聞こえてくるやわらかな男性の声に息を吞む。声の主が誰なのかは、考えずともわかっている。ロージーを泣かせたのがばれれば、いかに従姉妹といえどもリオンに叱られるのは免れないと悟ったのか、ブリジットは忌々しげに舌打ちをひとつするとその場から逃げ出した。

残されたロージーははらはらと涙をこぼし、立ち上がることもできなかった。

エルシーを捜して歩くうち、気づけばロージーは中庭へと出てしまっていた。

リオンの隣を離れても好奇の目を向けられていたため、親友を捜すだけで一苦労だ。人の少ないほうへ歩きつづけた結果、辿り着いたのが中庭だった。別に来たくて来たわけでもないが、やっとここにきて人心地つけた気がする。

月が朧《おぼろ》に隠れた雲の下、手入れの行き届いた緑が茂る中庭はぽつぽつと明かりが灯っている。とはいえ、室内の豪奢なシャンデリアに慣れた目は薄闇にかすかに浮かぶ中央の噴水ぐらいしか見分けることができない。

薄ぼんやりと月の揺らぐ夜空は、涙膜越しに見る世界に似てにじんでいる。今のロージーは泣いてなどいないのに、まだ幼い日の悲しみを引きずっているような気がして情けなくなった。事実は事実でしかないと受け止めよう。そう思って生きてきたはずだったのに。

ロージーは深いため息をこぼして、近くの木にそっと手を伸ばす。指の腹がかさついた木肌に触れた。

長らくブリジットとも会っていなかったから思い出さずにいた自分の秘密。思い出さずとも忘れたわけではなかった。

あの日、ブリジットが語ったことのすべてを信じたわけではなかったロージーは、あとになって叔母に真偽を確かめた。父や母に聞くべきとも思ったが、自分が真実を知ってしまったことで両親を傷つけるのが恐ろしかった。

叔母はきっと笑って「それはただの冗談よ」と言ってくれるに違いない。そんな儚い願望《ねがい》は、硝子が割れるより簡単に砕け散った。

当時を知る叔母によれば、ロージーが産まれる数日前、バークストン公爵夫人は女の子を死産したらしい。時を同じくして、公爵邸に勤めはじめたばかりの侍女が子どもを産んだ。未婚の侍女はいたくやつれており、細身の体軀のせいか出産直前まで誰も彼女が妊娠していることを知らなかったという。

産まれてきたのは赤い髪の女の子だった。出産で体力を使い切った侍女は父親も明かさぬまま息を引き取り、残された赤子は行き場をなくした。

その事実を知った公爵夫妻は、亡くした愛娘の代わりに侍女の産んだ女の子を養女に迎えることを決めた。娘には養女であることを教えず、当時のことを知る数人の侍女たちにはきつく口止めをして——。

すべてを聞いたロージーは、自分が家族の誰にも似ていないことが当然だったと幼心に納得した。美しい母と兄、気品にあふれる父。その誰とも血のつながりはなく、それどころかどこの誰の娘かさえわからない自分を、家族として愛してくれたことに心から感謝した。

いつかきっと、恩返しをしたい。それまで、自分が養女であると知ってしまったことは誰にも言わずにおこう。そう、心に誓った。

優しい家族は、ロージーが真実を知っていると告げれば、彼女の心を思いやって悲しむに違いない。今までこんなによくしてもらったのだから、これ以上迷惑をかけないようにしなければ……。

けれど、恩義に報いるより早く父母はこの世を去ってしまった。

残されたたったひとりの家族である兄は、自分をひたすらに慈しみ、守ってくれている。ここ最近、様子がおかしい気がしなくもないが、リオンがロージーを愛してくれることに違いはない。

——だから、わたしはおにいさまの足を引っ張るようなことはしないわ。今まで愛してくれただけで、じゅうぶん幸せだったんだもの。

兄の言うとおり、母の喪が明けてから縁談を考える道もあった。だがロージーを妻にと望む男性は、公爵家の血を引く令嬢を求めている。結婚のあとで養女だと知れれば、バークストン公爵家に迷惑がかかる可能性もあるだろう。それを思うと、家のための結婚に踏み切るのも危ぶまれた。公爵家の人間を名乗るかぎり、常に危険は伴う。

ならばいっそ、自分がいなくなってしまえばそれでいい。

養女として大切に育ててもらったくせに、恩を仇で返して逃げ出した娘だと思われたほうが、兄に今後の負担をかけずに済む。

もしもロージーの嫁ぎ先で彼女の出自が問題になったとしたら、兄はあくまで自分を妹だと言ってくれるだろう。

誰よりも大切だからこそ、自分のせいで骨を折るリオンは見たくない。それが言い訳でしかないことは、当のロージーがもっともよく知っていた。

繰り返し閉ざした心の扉が、あえなく開こうとするのを感じて両手で口元を覆う。声に出してはいけない。それどころか、思うことさえ許されない。禁じられた感情は、ロージーがロージーであるために必要な封印で守られている。

——本当は、ずっとこのままでいたかった。おにいさまの妹として、あのお屋敷でずっとずっと一緒に暮らしていたかった。だけどそれは過ぎた願いだわ。

堂々巡りの思考にうんざりして、彼女は自嘲の笑みを噛みころした。もう決めたことだ。今さら思いあぐねたところできりがない。

悩んでいるだけならば、何もしないのと同じことだ。行動でしか、人間は自らの信念を貫く方法を持っていない。一度決心したならば、考えるだけ無駄だ。

やっと自分の気持ちに折り合いをつけたところで、彼女は小さく身震いした。夜になると空気が冷える。それでも今夜は曇っているぶん、少しはましなのだが――。

「おい、エルシー！　話はまだ途中だ。俺はおまえの答えを聞いていないぞ」

唐突に、中庭の小径の向こうから低く張りのある男性の声が響いた。ロージーが立ちつくして考えこんでいる間も小声で話していたのかもしれないが、まったく気づかなかった。舞踏会の夜には、人目を忍んで秘密の逢瀬を楽しむ男女もいると聞いたことがある。今の声の主もそうなのかもしれない。

男性の声に聞き覚えはなかったが、彼が呼んだ名前には心当たりがある。親友であり今夜の舞踏会の主催者バラクロフ伯爵令嬢のエルシーだ。

だが親友とはいえ、エルシーが明かしていない秘密を探るつもりは毛頭ない。へたに彼らに気づかれないうちにさっさと立ち去ろう。そう思いながらも、ささやかな好奇心が聞き耳を立てさせる。

「何度言われても答えはいつもと同じです。オリヴァーさまは、わたしの理想と真逆だとそろそろ気づいてくださってもいいんじゃないかしら？」

怒鳴るような男性の声とは対照的に、冗談半分の軽やかな少女の声が夜の帳《とばり》に響いた。

やはり相手はエルシーだと知って、これ以上の詮索は不要だと自分に言い聞かせる。同じように自分の秘密を探られたら、ロージーとて不愉快だ。自分がされていやなことはひとにしてはいけない。

急いで石畳を戻ろうと歩き出した彼女だったが、暗がりのせいで木の根に足を取られた。

「きゃっ！」

転倒こそ免れたものの、思わず小さな悲鳴があがる。これでは気づかれないどころか、自らの存在を盛大に示したようなものだ。

——どうしてこんなに間が悪いのかしら。ああ、もう……！

「まあ、ロージーじゃない。どうしてこんなところにいるの？　何か探しもの？」

気まずさにのろのろと顔を上げると、こちらを見つめている親友と薄闇で目が合った。

エルシーは、愛らしい小柄な体軀で駆け寄ってくる。別段今の会話を聞かれたことに当惑している様子もない。それどころかいつもどおりのどこか浮世離れした雰囲気そのままだ。

秘密の関係云々は、自分の思い込みだったのかもしれない。

「あなたを捜しに来たの。挨拶しようと思って。あ、あの、決して邪魔をするつもりでは……」

ロージーは言いかけて、唇を結んだ。

——さっき、エルシーは相手のことをなんと呼んだ？　まさか、そんなはずはないと思うけれど、たしかオリヴァーさまと呼びかけていた。ううん、よくある名前よ。そんなわけないわ。

その名前は、兄の口から何年にもわたって聞かされている。しかし現国王と同じ名前だからといって、当人だとは限らない。

「そうだったの。もっと早く声をかけてくれれば良かったのに。オリヴァーさまにつかまっていたせいで、大事な親友との時間を台無しにされてしまうところだったわ」

再度その名を耳にして、ロージーは薄水色の瞳を大きく見開いた。いくらエルシーといえど、国王相手にその言い草はしないはずだ。だが、今夜は秘密の客人も訪れると聞いている。心のどこかに引っかかりを感じるのを禁じ得ない。

「待って、エルシー。オリヴァーさまって、まさか……！」

「あら、ロージーも知っているの？　オリヴァー陛下は会ったことがないって言っていたけど」

——やっぱり！

フィアデル王国の若き国王。リオンの王立学院時代からの学友であり、執務の補佐も務めるその相手こそ、オリヴァー陛下だ。

だが、なぜエルシーが陛下とこんな場所で、人目を忍んで密会をしているのか。

「この俺を無視して談笑とは、ずいぶんな態度だな、エルシー」

暗がりから現れた黒髪の若き国王がエルシーの名を呼ぶと、まるで彼の登場を待ち望んでいたかのように、雲居から月光が中庭に降り注いだ。

闇夜を溶かしこんだ艶《つや》やかな黒髪に、深淵を感じさせる深みのある黒瞳。長身ですらりとした美しい姿勢を保つ威厳あふれる青年は、その容貌と裏腹に少々子どもっぽく唇を尖らせてロージーを見下ろした。

「おい、おまえ！　愛しあうふたりの逢瀬を邪魔するとは良い度胸ではないか！」

いきなり怒鳴りつけられて、びくりと体が震える。怒り心頭というより照れ隠しに荒《あら》げた声にも思えたが、国王に叱責されて平然としていられる令嬢など国中を探しても見つけ出すのは困難だろう。

「オリヴァーさまこそ、わたしの親友をいきなり怒鳴りつけるなんてどういうことですか。そういうところがイヤなんです」

――エ、エルシー!?

数秒前の自分の思考を裏切ったのは、ロージーよりゆうに頭半分は背の低い親友だった。彼女はロージーの左腕に自分の両腕を絡ませて、小さな体を寄せたまま国王陛下を睨みつける。

「な……っ!?　この俺を、イヤ……だと……？」

信じられないと瞠目し、オリヴァーが黒髪を右手でかきあげた。芝居がかった所作でありながら、やけに様になる。

「そもそもわたしとオリヴァーさまは愛しあってないですよ？　勝手なことを言うのはや

めてくださいね。誤解されたら困りますもの」

普段と同じ、のほほんとした声でエルシーが否定的な言葉を告げた。優しい声音だからこそ、その切っ先は鋭い。

「ふ……、照れているのだな。わかっているぞ。俺はその程度で愛する女を疑うほど狭量な男ではないから案ずることは……」

「案じてほしいのは、オリヴァーさまの思い込みのほうですー」

ぞんぶんに斬りつけた言の葉の剣《つるぎ》を笑顔の鞘におさめ、白ウサギのように可憐な伯爵令嬢が小首を傾げた。

「くぅッ！　どこまでも愛《う》い奴め！　この俺を愚弄する姿まで愛せる女は世界広しといえどおまえただひとりだ、エルシー」

さやかな月明かりの下でさえ、オリヴァーが精悍な男性らしい美貌の持ち主だというのは一目でわかる。意志の強さがあらわれた切れ長の瞳も、かすかに皮肉げな雰囲気を醸し出す右側だけ上がった唇も魅力的だ。

優れた王たる風格を台無しにしてしまうのは、傲慢な口調ではなく彼を軽くあしらうエルシーに問題があるのかもしれない。

――そもそも、エルシーは陛下と以前から知り合いだったのかしら。今まで、一度もそんな話を聞いたことはなかったけれど。

ふたりのやりとりは、聞けば聞くほど滑稽に尽きる。しかしオリヴァーがふざけているのではなく、本心からエルシーを気に入っているのは言葉の端々から伝わってきた。

一介の伯爵令嬢であるエルシーが、なぜこれほどまでに国王陛下に対して無礼とも思える口ぶりなのかはロージーにも計り知れないところだが、相手が許容しているのだから問題はないのだろう。

なんだかんだと文句を言いながら、オリヴァーと会話を続ける親友の楽しげな表情にロージーは不思議な気持ちになった。言い合っているのではなく、これは彼らなりのコミュニケーションなのではとすら思えてくる。エルシーの華奢な体軀など片手でねじふせることができそうなオリヴァーが、彼女にあしらわれてじゃれつく子犬のようで――。

「ああ、ロージー。捜したよ。何をしているのかと思えばこんなところにいたんだね。心配させないでほしいな」

「ひっ！」

急に背後から肩をつかまれて、ロージーはその場で飛び上がりそうなほど驚いた。

目の前のふたりに気を取られていたとはいえ、真後ろに立たれるまで気配を感じなかったのは自分のせいなのか。それとも相手が気配を殺して近づいてきていたのか。

だが、心優しい兄が自分を驚かせようなどとするはずがない。ロージーは、自分の考えを恥じた。リオンを疑うなどありえないというのに。

「ごめん、驚かせてしまったかい？　もしかして、暗がりが怖くて怯えていたのかな。ロージーは昔から、暗闇が苦手だったね」

人前で怖がりな本性をあばかれてしまいそうになり、ロージーは慌てて兄に振り返る。リオンの肩越しに大広間の華やいだ明かりが見えて、後光が射していると錯覚しそうだ。光を背負うのがこれほど似合う男性も珍しい。

「お、おにいさまったら！　わたしはもう子どもじゃないの。暗がりなんて怖がるわけがないでしょう？」

わざと強がって言うと、リオンはふわりと優しく微笑んだ。その笑みに、意味ありげな含みがあると感じるのはロージーの邪推――のはずだ。兄は、そんなひとではない。

「……強がりなところもかわいいけど、ね」

世にも美しい男性から「かわいい」と言われても素直に喜べる女性は少ない。当然ロージーもそうだ。ただし、兄の口ぶりから考えれば、これは容姿を褒めているわけではなく自分の子どもじみた態度や物言いを愛でているだけのことなのだろう。わかっていても、やはり複雑な気持ちになる。

「おい、リオン！　突然出てきて挨拶もなしとはどういうことだ！」

リオンの放つ穏やかな空気を一掃したのは、今夜の秘密の客人と思しき国王陛下そのひとだった。

「うん、やっぱりロージーにはバラが似合う。今夜の見立ては大成功だよ。もしきみだと知らずに見かけても、きっとぼくは見惚れてしまう」

「あ、あの、おにいさま……？」

しかし、突然声をあげたオリヴァーに驚くことなく、それどころか国王をほぼ無視した状態で、リオンはロージーの髪に飾ったバラの生花を愛でている。

──陛下の前だというのに、おにいさまったらどうしてしまったの？　様子がおかしいと思ったのは気のせいなんかじゃなかったんだわ。

おろおろと視線を泳がせるロージーを哀れに思ったのか、リオンがくすっと笑うと彼女の背後に仁王立ちする黒髪の王に顔を向けた。

「陛下、こちらにいらしたのですね。申し訳ございません。妹を捜すことに夢中で気づきませんでした」

言う人間によっては、無礼としか思えない発言だというのに、リオンの温和な声音がそれを緩和している。とはいえ、ロージーは兄が国王と話すのを目の当たりにするのも初めてだったので、少々心配になったのも事実だ。

「フン、捜しに来るのが遅いではないか」

「左様でございますね。なにしろぼくはかわいい妹に夢中なものですから、陛下のお相手がおろそかになってしまうこともあるのです。どうかお許しください」

「……相変わらずの偏愛ぶりだな」

「お褒めに与《あずか》り光栄です」

これが一国の王と臣下の会話だなど、誰が信じるだろうか。ロージーは無意識に額に手をあてそうになった。彼女の知る兄は、誰にでも優しい慈愛に満ちた青年のはず──。

　だがオリヴァーは、リオンが妹を優先していたと宣《のたま》った挙げ句、完璧な笑顔で応戦したのを快く思ってさえいるらしい。エルシーとの会話でも感じたが、彼は親しい相手と軽口を叩いて親交を深めているようだ。

「誰が褒めたものか。まったく、おまえの妹のせいでエルシーが俺を無視して女同士でいちゃいちゃと楽しげにするのが許せん。さっさとそれを連れて会場に戻れ。愛しあうふたりの邪魔をすると、いかにおまえの妹であろうと馬に蹴らせるぞ」

　オリヴァーは言いながら、強引にエルシーの肩を抱いて引き寄せた。

　彼はリオンと同い年と聞いている。同じ二十五歳でも、ずいぶんと個人差がある。家にこもりきりだったロージーにとって、オリヴァーはあまりに珍しい存在だ。

「あのー、何度も言ってますけどもう一度言いますね。愛しあっていると思い込んでいるのは陛下おひとりですよ？」

「ぬなッ!?　照れ隠しか、そうだろう」

「いいえ、違います」

　エルシーはオリヴァーの奇行にも慣れているのか、にこにこと愛らしい笑顔のままで腕を振りほどく。まったくもって強者ぞろいだ。特に親友の態度がずば抜けている。いや、兄もじゅうぶん並び立つかもしれない。

「やあ、エルシー嬢、今宵はお招きいただき心より感謝しています。それに、いつもロージーと仲良くしてくれて本当にありがとう。そろそろワルツの時間なので、妹を返してもらってもいいかい？」

愛しい恋人に触れるような手つきで、リオンがロージーの腰を抱き寄せる。彼の体温を感じて、頬を赤く染めているのが薄闇では気づかれないことが救いだった。

――こんなにそばにいると、心が悲鳴をあげてしまいそう。逃げ出したくなるわ。

決して手の届かぬ美しいバラのような存在が、すぐそばにある。吐息すらかかる距離で、兄の腕に腰を抱かれてロージーはきゅっと唇を結んだ。

悟られてはいけない。兄として育ったリオンを相手に、こんな感情を抱いていることは誰にも知られるわけにはいかないのだ。

「おい、俺を無視するな」

「もちろんです、リオンさま。今日のロージーのドレス、とても似合ってますね。リオンさまが選ばれたんですか？」

無視するなと命ずるオリヴァーを、あえて無視したエルシーがリオンに微笑みかける。

「おい！　無視するなと言っているだろうが！」

「ありがとう、ぼくのかわいいロージーを褒めてくれて嬉しいよ。こうして彼女を自慢できるのは舞踏会ならではの楽しみだね」

さらに無視を続けて、リオンが幸せそうに妹を見つめる。

どうしようもない集団のなかで、ロージーは息が詰まりそうになっていた。

――違う意味でも逃げ出したくなるわ……。

しかし、彼女の杞憂は兄と親友と国王の奇妙なやりとりのおかげで霧散した。そもそも、妹が兄に恋い焦がれているなど誰も考えはしないのだから、自分は少し考え過ぎなのかもしれない。

「よし、わかったぞ、エルシー。つまり我らもワルツを踊れば愛を深められると……」

オリヴァーが言いかけたのを遮って、エルシーはまたも彼の手をさっと払った。国王相手であっても、愛らしい親友は態度を変える気はないらしい。妖精のような容姿に似合わぬ豪胆さに、思わず感嘆しそうになった。

「わたしは父のお客さまに挨拶をしてまいります。オリヴァーさま、それにリオンさま、ロージー、本日は来てくださってありがとうございます」

ドレスの裾を両手でちょんとつまむと、エルシーが少女のように軽やかな会釈をひとつ残して会場へと戻っていく。無論、オリヴァーは「待て！　ひとの話を聞かんか！　この俺が客だということを忘れるな」とそのあとを追いすがった。ひとの話を聞かないのは、果たしてオリヴァーとエルシーのどちらなのかなどという野暮は考えないに限る。

残されたロージーは、腰に感じるリオンの手のぬくもりを意識しないよう冷静を保つためにも小さく息を吸った。そんな彼女の緊張を感じとったかのように、兄はいっそう顔を寄せてくる。

「邪魔者は消えたみたいだね。これでやっとふたりきりだ」

目と目が合って、息を呑む。このまま距離を詰めれば、視線だけではなく唇と唇が重なってしまいそうな近さに彼がいて。

強張ったロージーの唇を一瞬見つめてから、リオンはふっと顔を上げた。結い上げた赤毛に唇がかすめていく。

――今のは……なんだったの？

数秒たってから、ロージーは狼狽して後ずさった。

「ロージー？」

「な、何をするの、おにいさま!?」

ただの親愛表現だと思い込むには、あまりにリオンは魅力的すぎる。だが動揺している自分を見て、兄はどう思うだろうか。兄妹の間柄ならば、この程度のスキンシップもそこまでおかしなことではない。

――でも、何かが違うわ。そうよ、ほかのひとのことを邪魔者なんて言うのはおにいさまらしくない。

「ふふ、ごめん。驚かせてしまったかな。今夜のきみがあまりにかわいいせいで、ぼくは気持ちがたかぶっているみたいだ。ふたりきりでワルツを楽しもうと言いたかったんだけど、遠慮したほうがいいかい？」

リオンにすればごく自然な親愛の情を示しただけの行為に、ひとりで舞い上がって大声をあげてしまった。今さら後悔しても遅いが、ロージーはしゅんと肩を落として両手で羽扇を握りしめる。

「いえ、せっかくだから一曲くらいはダンスを楽しみたいわ」

けれど、今のように親しげに身を寄せる姿を誰かに見られるのはたまったものではない。ロージーがリオンの妹だと知っていても、羨望にくもった目に映れば何を言われるかわからないのだ。特にブリジットあたりが目撃したら、勝手な誤解であることないこと言いふらすに決まっている。

「一曲だけでいいの？」

動揺する妹がおもしろいのか、リオンはクスクスと笑いながら彼女を屋敷へとうながした。

——どうか今夜を平穏無事に過ごせますように。大切な思い出になる、最初で最後の舞踏会なんですもの。

祈るばかりでは、願いがかなうはずもない。それでもロージーは、逸る鼓動を必死に抑える。落ち着いて、こんなのなんてことない。兄と妹がダンスを踊るくらい、とりたてて珍しいことでもないのだから。

自分に言い聞かせているのか、言い訳をしているのか、ロージー自身も次第にわからなくなってくる宵闇の小径に、屋敷から風に乗って楽隊の円舞曲が響いてきた。

大広間に戻ると、相変わらず周囲の不躾な視線に戸惑いを覚える。会場はじゅうぶんな広さがあるというのに、ロージーは息苦しさでうつむきそうになった。

どこからともなく「まあ、リオンさまが女性連れでいらっしゃるなんて！」と悲鳴のような声が聞こえてくる。兄が女性をエスコートしているのはそれほど珍しいようだ。

「ロージー、そんなに緊張しなくていいんだよ。大丈夫、ぼくにすべて任せて」

きらめくシャンデリアの真下まで彼女を連れていくと、リオンはゆるやかにホールドを組む。優雅でありながら、安心感のある兄の手にロージーは思わず相好を崩した。

まだ幼いころ、舞踏会ごっこと称しては兄にダンスの相手をせがんだことがある。優しいリオンは、当時からロージーの憧れのパートナーだったはずなのに、いざ実際に円舞曲の流れる会場で踊りだそうとすると足がすくむ思いがする。

けれど不安な心中とは裏腹に、幼いころからきちんと身についたワルツのリズムは彼女を自然なステップへと導いた。それともリオンのリードが巧みなのかもしれない。

はらりと顔の横にこぼれたほつれ毛が、ターンのたびに舞う。ドレスの裾が美しくひらめいて、シャンデリアの光はタフタ地をきらめかせる。

次第にロージーは緊張を忘れていった。リオンの腕に身を任せる幸福感だけが、心をいっぱいに満たしていく。

「ふふ、おにいさまとこうして踊っているなんて、子どものころのわたしが知ったら羨ましがるわ」

「そう？　きみがまだずっと小さいころから、ぼくはダンスの相手をしてきたじゃないか。かわいらしいレディをエスコートして、屋敷の廊下を何往復もしたのを忘れてしまったのかい？」

忘れたりしない。まだ彼が実の兄だと信じて疑わなかった、あのころの記憶――。

時間を戻せるものならば、すべてを知る以前に戻したいと常々ロージーは願っていた。

そして時間を止められるものならば、あのときを永遠にしたかった。

かなわないからこそ、誰もが願う。時を戻して、時を止めて――。

「ねえ、ロージー。あのころからきみは変わらないね。いつだってぼくの心はきみでいっぱいだ」

「……え……？」

青紫の瞳に、自分の姿が映し出されているのを見てロージーは言葉に詰まった。リオンの瞳が自分だけを見つめてくれている。同じようにロージーの瞳には、麗しい兄の相貌が浮かんでいるのだろう。互いの姿を瞳の中に閉じ込めたような、ほんの一時《ひととき》の幸福な時間。

「それって、わたしが子どもだって言っているの？」

わざと頬を膨らませて見せると、リオンが破顔し目を細めた。

「わからないふりがうまいね。でもいいよ。きみをこの腕に抱いて踊っている間だけは、それに乗ってあげる。こんな幸せな時間をくれたきみへのご褒美だよ」

――気づいてはいけない。

この美しいひとを想う本当の気持ちに。

幻想の円舞曲に身を任せ、刹那の夜を踊り明かす。ロージーは胸に疼く棘を抜くこともできないまま、目の前の兄公爵に抱きついてしまいたくなる自分を感じていた。

――この感情はおにいさまの魅力のせい。だってわたしは、おにいさま以外にこんな美しい男性を知らないんだもの。だから……ただそれだけなのに……。

「どうしたの？　顔が真っ赤だ。――もしかして、やっと自覚してくれたのかな？」

「な、なにを？　わたしは別に……、ぁ、きゃッ!?」

心を見透かされた気がしたその瞬間、狼狽のあまり後ろに一歩大きくステップを踏んだロージーは、長い引き裾を踏んでしまった。

危ないと思うより早く、体が後ろに倒れそうになる。右手をつかむリオンの指に力がこもった。無意識のうちにロージーは目を閉じる。最後に見たのは、天井のシャンデリアと驚いたような兄の顔。

そこまでは、覚えている――。

――え……？

唇に、覚えのないぬくもりが感じられた。

やわらかく包み込み、それでいて熱情を誘引するような初めての感触。

「ん……ぅ……？」

おそるおそる目を開けると、金色の前髪が一房《ひとふさ》揺れる。オークの磨かれた床に、頭から転倒するのは免れた。しかし、何が起こっているのだろう。体に痛みはないし、抱きしめられた体はリオンの温度を感じている。

――抱きしめられてる？　じゃあ、この唇に感じるのは……。

「ああ、危なかったね。ロージー、痛いところはない？」

何事もなかったかのように、兄はふわりと微笑んだ。形良い唇が、夢見るように優美な笑みを浮かべている。

「ぁ……あの、わたし、……え……？」

まさか、そんなはずはない。だが、唇に感じたのは紛れもなく――。

「ふふ、誰も気づいてないみたいだから心配しないで。こんなにたくさんのひとに囲まれているのに、キスしちゃったなんて、ね？」

真っ赤になっていた頬から、すうっと血の気が引いていく。気のせいであってほしかった。何かの間違いであるべきだった。しかしすべては後の祭りでしかない。

「さあ、怪しまれないようにステップを踏んで。少しバランスを崩しただけ。もう平気って、微笑んでごらん。それともぼくにうっとりと見惚れてくれてもかまわないけど」

「〜〜〜……っ」

ぱくぱくと口を開閉してみたものの、何を言えばいいのかわからなかった。リオンの与えるリズムに合わせて、ぎこちなくステップを踏むのが精一杯だ。

唇が触れた、初めてのキス。

頬や額やこめかみではない。恋人同士がするキスを、兄であるリオンとしてしまった。いや、あれはキスの範疇に入るのだろうか。自分の注意力散漫が原因とはいえ、唇と唇が重なったのはただの事故だ。不可抗力。心のないキスなんて、キスに入らない……！

「ロージー？」

知らず、足が止まっていた。身動きできず立ち尽くす妹の耳元で、類まれなる美貌の兄が甘く甘くささやく。

「まだ現実に立ち戻れないなら、もう一度この場でキスしようか。今度はみんなに見せつけて、たっぷり甘いくちづけを……」

「そ、そんなのダメっ！」

「だったら、ちゃんと踊らなくちゃね。レディは大広間の真ん中で棒立ちなんてしてはいけないよ？」

円舞曲が終わるまでの時間が、ロージーには永遠にも思えるほど長かった。その間ずっと気もそぞろになりながら、リオンの唇から目をそらし続ける。

あの唇が、自分の唇を塞いでいた。

初めてのキスはあまりに突然で、あまりに信じられない場所で――そして何より相手は兄だなんてあってはいけないことだというのに……。

青ざめたり赤くなったりを繰り返す妹を見つめて婉然とワルツを踊るリオンは、ロージーに気づかれないほどかすかな笑みと悦《よろこ》びを美しい青紫の瞳に宿していた。

どうしようもないほどうろたえていたせいで、いつもならリオンが言いそうにない発言をしていたことにもロージーは気が回らなかった。

偶然のファーストキスが、やがて必然の愛情をかきたてることすら彼女はまだ知らない――。

第二章　兄妹でいられない夜

——もう逃がさないよ。

彼の美しい青紫の瞳に、支配者の強い光を感じてロージーは寝台の上で小さく身動《みじろ》ぎをした。

優美な指先が右肘をつかむ。触れられた肌が火照り、自分が淫《みだ》らに作り変えられてしまう気がして、彼女はじりっと敷布の上で体をよじる。

しかし、いつの間にこんな端《はし》まで追い詰められていたのか。

薄いナイトドレスに包まれたしなやかな背が、寝台の飾り板に阻まれて彼女は息を呑む。

「ぼくのかわいいローズマリー。きみがずっと、どんな目でこの兄を見ていたか知らないとでも思っているのかい？　ふふ、きみは本当に愚かでたまらなく愛らしいね」

リオンの声は、浴室に反響するような奇妙な震えで鼓膜を揺らす。夢と現《うつつ》の境目をたゆたう甘い声音に、ロージーの赤い唇があえかにわななないた。

「おにいさま、何を言っているの？　わたしはそんな……はしたないことを考えたりしないわ！　だってわたしたち、兄妹なんですもの」

言ってしまったあとで失言に気づいても遅い。何より麗しの兄は、彼女の失言に気づかないほど愚鈍ではなかった。

「はしたないこと？　ぼくはそんなこと言っていないのにおかしいね。つまりきみは、ぼくのことをとても淫らでいやらしくて、恥ずかしくて、口に出せないようなはしたない感情を伴って見つめていたんだね」

ぎしり、と寝台が軋む。

音の出処へ視線をさまよわせたロージーの隙を見逃さず、リオンは両腕で彼女をかき抱いた。薄衣が胸に擦れて、知らないはずの快感がぴりぴりと腰の奥まで突き抜けていく。

「だめ……おにいさ、ま……」

「もう心配しなくていいんだよ。きみの描いた淫らな夢を、ぼくがすべてかなえてあげる。かわいいロージー、さあ、ぼくを受け入れて」

背がしなるほど強く抱きしめられたロージーは、せつなる吐息で兄の肩口を湿らせ、気づけばリオンの体に腕を回していた。

――もう隠しきれない……！

「こんな……、こんなこと、ダメなのに……」

「だけどそれを望んだのはきみだよ。愛してほしいと願ったのも、くちづけを求めたのも、ぼくを誘惑するのはいつもローズマリー、きみだけだ」

にわかに心臓が高鳴る。兄の手が、かろうじて体を隠していた薄衣を奪い去った。白肌が敷布に直接触れて、ロージーはいつの間にか自分が寝台に仰向けに横たえられていることを知る。

このまま、わたしたち――。

禁忌を犯せば、帰る場所はどこにもなくなってしまう。今ならばまだ、あの茨《いばら》の橋をわたって帰ることもできるのだろうか。両手両足を血に染めて、心まで棘に貫かれて、それでもリオンから逃げるだけの勇気が自分には残されているのだろうか……。

「――いしているよ、ローズマ……」

反響する声が、天蓋布に吸い込まれていく。抱きしめられた温度はそのままに、ふたつの体と心が溶ける不思議な感覚。これは夢なの？　お願い、これ以上わたしの心を乱さないで。

本当のことは、決して口に出してはいけないのだから――。


「……夢……？」

おぼろげな淫夢が、まだ心の底にこびりついている。なぜあんな夢を見てしまったのか。手の甲でまぶたをこすりながら、ロージーは甘くせつないため息を漏らした。だが、そう思った瞬間にはすでに夢の残骸はもとの絵に戻せないほどこまかな破片《ピース》となって散らばっていく。

何か、ひどく淫猥《いんわい》で甘やかな夢を見ていた気がするけれど――。

窓の外から、小鳥の囀《さえず》りが聞こえていた。また朝が来たというのに、起き上がる気力もない。

ロージーは寝台にもぐりこんだまま、上掛けをぎゅっと体に巻きつけて目を閉じている。いつもならば、この時間には薔薇園で朝の水やりを終えているころだった。毎朝早起きして、太陽の光をいっぱいに浴びたバラたちの手入れをするのがロージーの幸せの象徴だったはずなのに、今は寝台から起きる気力がわかない。

長年秘めてきた想いが、たったひとつの偶発的なキスで胸からあふれだしそうになってしまった。その事実が彼女を苦しめている。同時に、決して願ってはいけない希望《のぞみ》に胸を焦がしてしまうのを止められない。

舞踏会から帰って四日が過ぎたが、ロージーは体調不良を理由に自室にこもっていた。もちろん、バラの世話は侍女たちに頼んであるから、枯れてしまうようなことはない。

――今はまだ、おにいさまに会えないわ。

敷布の上でぎゅっとまぶたを閉じて、ロージーは唇に指をあてた。

時間にすればほんの一瞬だったというのに、今も唇にリオンとのキスの感触が残っている。ともすれば、兄の顔を見るだけで赤面してしまうだろう。こんな状況でリオンと顔を合わせるのは怖かった。隠してきた想いが伝わる可能性よりも、妹でいられなくなるかもしれない不安が胸を焼く。

ロージーの実母は、彼女を出産した直後にこの世を去ったと聞いている。実父はどこの誰なのかもわからない。つまり、リオンが彼女を家族ではないと認めてしまえば、その瞬間にロージーは天涯孤独の身となってしまうのだ。

——ああ、でもそれだけじゃなくて……。

優しい兄は、自分の穢《けが》れた愛情を知れば悲しむのではないだろうか。妹として慈しんできた相手が、そんな想いを抱いていただなんて、心優しいリオンがどう思うか想像するだけで身震いするほど恐ろしい。

一ヶ月もしないうちに屋敷を離れる覚悟を決めていたくせに、この程度でうろたえるなんておかしな話だ。それでもロージーは、最愛の兄に疎まれるのではないかと怯えていた。せめて最後まで愛される妹でいたいと願う気持ちが、茨《いばら》の鎖となって彼女を縛る。千々に乱れた心を落ち着けるまでは、体調不良を装うしかない——。

忘れなければと思うほど、あの夜の感覚が強く蘇る。リオンの腕に抱かれ、体を完全に預けた瞬間のときめきと安らぎは、あたたかな上掛けに包まれた身を溶かすように覆い尽くす。

大きな手のひらが背中を支え、細身に見えていたのに意外と逞しい胸がロージーのやわらかな胸と密着していた。薄水色の瞳に映るのは、金糸のように繊細で美しい金髪だけ……。

「ダメよ！　こんなこと、思い出しちゃダメなのに……っ」

必死に閉ざしているのに、心は勝手に記憶の扉を開け放つ。そうなると、ロージー自身にも止める手立てがなくなってしまう。喉元までこみ上げるせつなさに、甘い耳鳴りが止まらない。心臓が激しく鼓動を刻み、悪い病にかかってしまったのではないかと不安になるほどだ。

意を決して、ロージーは一息に寝台から起き上がる。勢いがよすぎたせいか頭がくらくらするけれど、そんなことは気にしていられない。

――いつまでも部屋に閉じこもっているからいけないのかもしれないわ。

薄手のナイトドレスにガウンを羽織ると、ロージーはクローゼットの前に立った。ふと目をやれば姿見に映る自分と目が合う。

頬を赤く染めて、かすかに唇を開いたみだりがましい表情のローズマリー・アディンセル。これは本当にわたしなの？

甘く疼く唇は、まるでもう一度キスをねだるように甘やかに濡れている。

「しっかりしなきゃ……」

奥歯をきゅっと噛むと、彼女は力の入らない指をクローゼットに伸ばした。

取っ手に手が触れたとき、寝室の扉が控えめに二度、ノックの音を響かせる。

「は、はい！」

侍女が心配して薬湯を持ってきたのかもしれない。ロージーはガウンの前をかきあわせ、裸足のままで振り返った。扉の向こうにいる誰かが、もう一度ノックを繰り返す。返事が聞こえなかったのだろうか。

「どうぞ……？」

しかし扉が開く気配はない。不審に思いながら、ロージーは裸足で床の上を歩いて居室につながる扉の前に立った。

細く戸を開けると、そこにはお仕着せの制服を着た侍女ではなく、深みのあるすみれ色のフロックコートを着たリオンが両手いっぱいにバラを抱えていた。

「おはよう、ロージー。具合が悪いと聞いていたけれど……。うん、少し頬が赤いね。熱でもあるのかい？」

耳をくすぐるやわらかな声音で、心が蕩けてしまうのではないかと思う。大げさではなく、リオンは外見の美しさだけではなく声も心も眼差しも、何もかもが完全な優美さを兼ね備えていた。

「おはようございます、おにいさま」

神々しいまでの美貌を直視できず、ロージーは顎を引いて視線をそらす。すでに着替えを終えている兄を前に、寝起きの薄いナイトドレス姿なのも居心地が悪い。

あのキスさえなければ、ここまで頑なな態度をとらずにいられたかもしれないのにと思ってから、たった一度唇が触れただけで何がそこまで恥ずかしいものかと自分を叱咤してロージーは顔を上げる。しかし、その瞬間——。

「ひゃ……っ⁉」

「ん？　どうしたの？」

正面に立っていたはずのリオンが、息もかかりそうなほど近くにいる。うつむいていたロージーを心配して覗きこもうとしていたらしい。

顔を上げた瞬間、ごく近くで青紫の瞳が自分を見つめていた。薄く開いた唇が言葉を紡ぐために動くだけで、心が引き寄せられてしまう。

「ど、どうもしないわ。それより、おにいさまはどうしてここに？　お仕事の時間ではないの？」

陛下の執務を手伝う兄は、いつもならばそろそろ王宮へ到着する時間だろう。だが、思い起こせば今朝は馬車の音を聞いていない。

「本当はもっと早いうちに様子を見にくるつもりだったんだ。だけど、陛下が少々厄介な問題を抱えていたので何日も過ぎてしまって……。ごめんね、ロージー。ひとりで心細かったかい？」

何を謝ることがあるものか。リオンは自分の仕事に忠実なだけだ。それに体調不良と言ったのは便宜上で、実際はただ兄と顔を合わせるのを避けていた――なんて、口が裂けても言えない。特に、これほど心配してわざわざロージーの部屋まで訪ねてくれた相手には。

「うーん……」

黙りこんでいる妹を前に、リオンは何かを考えこむように首を傾げた。それから長い足で寝室を横切ると、寝台の横に置かれた高足の丸テーブルにバラの花束を置いてから、ロージーのもとへ戻ってくる。

「やっぱり顔が赤い。熱があるんじゃないかな。無理して起き上がるのはいけないよ、ロージー」

「ち、ちが……っ……!?」

熱が上がっているとすれば、それはリオンが近くにいるせいだ。

言えない想いを喉の奥に押し込めているロージーの華奢な体を、不意にぬくもりが包み込む。薄水色の瞳を大きく見開いて、彼女は自分の置かれている状況を把握しようとしたけれど、突然兄に抱き上げられたこと以外には何もわからなかった。

「お、お、おに、おにぃさま……何を……!?」

薄いナイトドレス姿では、ドレスのときと違って密着した体のラインまでも知られてしまう。触れ合う肌が熱を帯びて、甘く苦しい痺れに息もできなくなりそうだ。

「具合が悪いなら、横になっていないと。ああ、そんなに暴れないで。怖いことなんてないから……」

つい先刻までバラを抱えていた兄の両腕が、心狂わせる残り香でロージーを包んでいる。

涼やかなリオンの香りに混ざった、濃厚なバラの香りを胸まで吸い込むと眩暈《めまい》がした。

「だ、大丈夫よ。もうなんともないの。元気だから、お願い、おろして……っ」

ともすれば心も体も硬直してしまいそうになるほどリオンの存在を強く感じて、彼女は手足を闇雲に動かす。危ないとわかっていても、このまま兄に抱き上げられているほうが精神的な危険をはらんでいるのだからどうにもならない。

「本当に？」

「ほ、本当にっ！」

息も絶え絶えに訴えるロージーを、青紫の瞳がじぃっと見つめている。妹の容態を慮《おもんぱか》る優しい兄の眼差しにさらされて、心惑わす自分こそがおかしいのは承知の上だ。それでも美しい瞳に凝視されるとロージーは平静ではいられなかった。心拍数が上がり、喉が焼けつくように熱くなる。耳の奥に心臓があるのではないかと不安になるほど、自分の鼓動が大きく聞こえた。

「わかった。それなら安心して王宮へ行けるね」

「え、ええ、そうね」

少し遅い出仕前に寄ってくれたのか。

寝台にそっと下ろされて、ロージーは両手の指が白くなるほどきつくガウンの胸元を握りしめた。

「すぐにメリルが花瓶を持ってきてくれるよ。出かける前に少しでも気分がよくなればと思って、急いでバラだけを届けてしまったけれど、早く生けてあげないと花がかわいそうだからね」

「……おにいさまは、いつも優しいのね」

相手が人間の場合のみでなく、花や動物に対してもリオンは親身になって接する。彼のそんなところにたまらなく憧れ、自分だけを見てくれたらどんなに幸せだろうと願ったこともあった。だが、それも遠い昔の思い出だ。まだ事実を知らなかった幼い日の記憶が、心の一端をかすめる。

と、その瞬間、ロージーは唐突に忘れかけていた起きがけの夢を思い出した。

この寝室で、あの指先で。

兄であるリオンに求められ、自ら彼を求めて愛を交わそうとした夢のなかの淫らな自分と、現実の自分がにわかに交錯する。

——違う。あれはただの夢よ。わたしはおにいさまにいやらしい衝動なんて感じていないんだから！

「やっぱり顔が赤いよ。具合が悪いなら、すぐにでも医師を呼ぶけど……」

寝台の横に膝をつき、リオンはロージーの右肘をそっとつかんだ。乱暴さの欠片もない、ひたすらに兄としての優しさを込めた指先だというのに、夢と同じ感触に背筋がぞわりと粟立つ。

「なっ……なんでもないわ！」

リオンの優雅さと対照的に、ロージーは淑女らしさと程遠い荒々しさで兄の手を払った。触れられていては冷静さを取り戻すこともできない。

——お願い、わたし。落ち着いて。あれはただの夢でしょう？　わたしが望んだわけじゃない。淫らな悪魔が見せた夢でしかないのよ。

「……少し、気持ちがたかぶっているみたい。ほら、初めて舞踏会に行ったから、まだ高揚感が残っているというか……」

嘘をつくときは、相手の目を見ないほうがいい。それでなくとも、自分は器用ではないのだから。

ロージーは寝台脇の窓に視線を向けたまま、ぼそぼそと小さな声で言い訳じみた言葉を紡ぐ。

「ぼくとのキスが原因じゃなかったんだ。残念だな。だったら次はもっとたっぷり感じさせて……」

「えっ？」

不穏な発言は、リオンらしくもない歯切れの悪さのせいでうまく聞き取れなかった。ロージーが振り返ると、薄水色の瞳に艶《あで》やかな笑顔が映り込む。

「ふふ、たしかに病気ではないみたいだ。これなら出かけられそうだね」

「……出かけるって、誰が？」

先にもリオンは出かける前に云々と言っていたが、それは彼が出かけるのだとばかり思っていた。ロージーは、かすかに首を傾げて兄の返答を待つ。

「もちろん、かわいいきみだよ、ローズマリー。今日は陛下から、妹を連れてきてほしいと頼まれているんだ」

「陛下が？　どうして？　なんの用事があるというの？」

舞踏会の夜に、バラクロフ伯爵邸の中庭で会った黒髪の美丈夫がこの国の国王オリヴァーであることはわかっているが、その陛下が自分ごときを王宮に呼びつけるとは何事か。

「ぼくは伝言を預かっただけだから、陛下のお考えまではわからないよ。ロージーに頼み事でもしたいのかな。あの方は、少々変わったところがあるんだ」

頼み事と言われても、ろくに面識もない相手にあのオリヴァーが？

そう思ったところで、彼がエルシーにひどく執心だったことを思い出す。エルシーの親友であること以外、自分と国王の間につながりなどない。ならば、オリヴァーはロージーに恋い焦がれる相手との橋渡しを頼もうとしている可能性も考えられる。

――色恋沙汰に他人の手を借りるような男性にも思えなかったけれど……。

「メリルが花瓶を持って来たら、急いで準備をしてくれるかい？　あと一時間もしたら出かけるからね」

「わかったわ」

理由もわからず呼びつけられるのは不服だが、国王たっての呼び出しとあらば断るいわれはない。ロージーはおとなしく頷くと、兄が寝室を出ていくまで緊張した面持ちでその背中を見送った。

どうしてあんな夢を見てしまったのか。そして、どうして忘れていた夢を思い出してしまったのか。

知らないほうがいいことは、往々にして存在している。たとえば自分が養女だという事実もそれにあたるだろう。何も知らずにいれば、公爵家の娘、リオンの妹の立場に甘えていられたのに。

閉めきった寝室に、甘く狂おしいバラの香りが立ち込める。その香りに酔いしれる心の余裕などロージーにはなかった。肌に残る兄の残り香からも、心をそらして——。

† † †

フィアデル王国は大陸内においては小国といえども、三百年からの歴史ある国家だ。近年でも領地侵略のために争いを繰り返す地域があると聞くが、ロージーが知るかぎりフィアデルは他国に宣戦布告したこともなければ、他国から戦争をしかけられたこともない。フィアデルの領土が聖地と呼ばれるのが一因だ。

長らく諍《いさか》いの起こらないこの地は、多少の寒暖差はあるものの北側諸国に比べれば楽園のようにあたたかい。かつて冬になると神々が訪れ、翌年の禍福を決定する談合の場として重宝されたという言い伝えが、今もフィアデルへの諸国からの手出しを牽制している。大陸の人々は信仰が篤く、神の地を汚すことを嫌うのだ。

だが、何よりもフィアデル王室が長年にわたって戦争放棄を訴えたことが近代における無戦国の成り立ちだという学者もいるそうだ。

なんにせよ、温暖な気候と豊かな自然に恵まれた小さなフィアデル王国は、たいそう平和な国家なのである。

先王が流行病のために若くしてこの世を去った際、国民の多くが涙を流して王の死を悼んだ。あれはまだ父が存命のころ、両親と兄とロージーが幸せに暮らしていた時期だった。

賢王とまで呼ばれた先代国王は、自ら市井に下りて国民と触れ合おうとする慈愛に満ちた人間性で絶大な人気を誇っていた。過去には愛妾を囲う王も多々いたとされるが、先代国王は王妃ひとりを一途に愛していた。

しかし、王妃だけを愛した賢王の死後に困ったことが起こった。

当時の第一王位継承権は王の一人息子であるオリヴァーにあったが、彼もまだ成人前で王立学院にかよっている身の上だったのだ。

代々、フィアデル王国では王位に就くための条件として、成人していることと王妃を迎えていることが定められている。

ならば、オリヴァー以外の継承権を持つ男性王族を候補に挙げるべきだったのだが、さらなる問題として賢王には男兄弟がおらず、姉妹は大陸内の他国王室に嫁いで久しい。

王家に近い中枢を担う貴族たちは、オリヴァーが成人し結婚するまでの一時的な王位を傍系王族に預けることも検討したが、そのときに反対をしたのがリオンとロージーの父だった。

当時宰相を務めていたバークストン公爵は、王となるべく教育を受けた人間以外が王位に就くことをよしとせず、また暫定王の存在はのちにオリヴァーの即位を阻む可能性があることを示唆した。争いに無縁なのは国外交渉に限らず、フィアデルでは王位を巡る王族たちの衝突も上流貴族たちが牽制することで防がれてきた。

結果として、成人前で婚約者さえ決まっていなかったオリヴァーが前代未聞の若き国王に立つことが決まったものの、年若い王に不安を抱く人々を納得させられる人徳が彼にはあった。

——と、聞いていたけれど……。

謁見の間の赤い絨毯の上に立ち、ロージーは豪奢な衝立を背にした空《から》の玉座を睨みつける。

王宮に足を踏み入れるのは初めてだが、物怖じしていては公爵家の名折れだ。むしろ、こんなところまで個人的な用事で呼びつける王など、賢王の後釜として力量不足だと思うことで緊張を嚥下する。

宰相を務めていた父亡きあと、オリヴァー同様に若くして爵位を継いだリオンは国王の手伝いに年中王宮へ馳せ参じている。それこそが、オリヴァーの無力さを示しているようで、もともとロージーはあまり国王に好印象を持っていなかった。

今の宰相は兄ではなく、国家業務における正式な辞令を受けていないリオンはあくまで王の補佐としての扱いしか受けていない。兄が年若いことを理由に、その頭脳と労力を利用されているような気がしてしまう。

「ロージー、眉間にしわが寄っているよ。どうかしたのかい？」

隣に立つリオンが、ふふっと小さく笑いながら彼女の額に指をあてる。人差し指で眉の間を撫でられるのは子ども扱いにも思えるけれど、安堵する気持ちもある。

「緊張しているわけでもなさそうだね」

「だって、急に呼びつけるなんていくら陛下とはいえおかしいわ。それに、このドレス……」

王前に参ずるからには相応の服装でなければならないとメリルに諭されて、ロージーはまたしても華やかなドレスを着せられていた。西方から取り寄せた最高級のシルクの真珠を思わせる光沢ある白地に、淡いオレンジ色と黄色の花のモチーフがちりばめられている。ドレープを多用してふんだんにフリルとレースをあしらったドレスは、王宮で行われる舞踏会に参加するには誂《あつら》え向きかもしれないが、昼間の謁見で着るには少々背中があきすぎているのも気になった。

——これでは、陛下に会えると浮かれているみたいでみっともないわよ。

事実、ロージーはオリヴァーに対して特別な敬意など感じていないというのに、必要以上に飾り立てられた自分の姿が滑稽に思えて仕方がない。

「とてもよく似合っているよ。ぼくのためだけに着てくれたなら、もっと嬉しいんだけどね」

「そういう話じゃないわ、おにいさま。それに、ドレスは誰かのために着るのではなくて

「……」

「ぼくのためだけに着てくれたなら、もっともっと嬉しいんだよ、ロージー」

戯言は、二度繰り返される。

兄の物言いに違和感を覚えながら、ロージーは頰を膨らませた。意図して拗ねている自分を演じなければ、兄の言葉に頰を染めてしまいそうだった。

――本当におかしなおにいさま。

「ドレスが気に入らないなら、帰りに王都で人気の仕立屋に寄ろうか。ロージーに似合うドレスを一緒に選ぶのは楽しそうだ」

自然な口調と、飾らない優しさが逆に胸を痛ませる。今までリオンは何人の女性にこうして笑いかけたのだろう。拗ねる恋人をなだめるような声に、心のなかで嫉妬の黒い渦が螺旋を描いた。

歯噛みするロージーが言い返すための言葉を考えているうちに、衛兵の口からオリヴァーの到着が告げられる。兄妹は軽く首を曲げて、顔を伏せたまま国王の入室を待った。

静粛を破る扉の開閉音に次いで、数名の足音が聞こえてくる。正面の絢爛な金の玉座にオリヴァーが座るより先に、彼に同行してきたと思しき人物がアディンセル兄妹の右脇に並んだ。

「待たせたな、リオン。皆、顔を上げるがいい」

夜の中庭で聞いたのと同じ、低く張りのある声が謁見の間に響く。ロージーはゆっくりと顔を上げて、兄を挟んで右向こうから信じられない声を聞いた。

「……あら、ロージー？　それにリオンさままで、どうしてここにいるのかしら」

白金髪の愛らしい顔立ちの少女が、驚いた様子でこちらを見つめている。その隣にはよく見知ったエルシーの父であるバラクロフ伯爵が並ぶ。

「エルシーこそ、それに伯爵さまも！」

親友同士の再会の場――とはいささか考えにくい。ふたりは会いたければいつでも会えるのだから、王前に取り揃える理由などありはしないだろう。

ではなぜ、この四人が王に集められたのか。ロージーは皆目見当もつかず、大きな目を何度もぱちぱちと瞬《まばた》きして、現実を直視しようとした。だが、状況がわかったからといってその理由がわかるとは限らない。

「これ、エルシー。陛下の御前であるぞ」

末娘が目を丸くするのを父伯爵が小さな声でたしなめた。

「だってお父さま、今日はきちんと陛下にお断りをするために……」

――これはいったい、どういうことなの？

答えを求めて兄を見上げるも、リオンはロージーに見向きもしない。その横顔は今まで見たどんな兄とも違って、何かを決意した強い眼差しが遠く未来を見据えている。

見知らぬ男性のように見えるリオンを見上げて、ロージーは言い知れない不安を感じた。平穏な日常が大きく歯車を違《たが》えていく。そんな気がして。

「さて、俺は冗長な前置きが嫌いでな。悪いが早速本題に入らせてもらうぞ」

オリヴァーが場を改めるように、よく響く声で宣言した。謁見の間における王の権限は、ほかの誰とも比することなく絶大だ。この赤い絨毯の上に立つ誰もが、彼の言葉を待っているのだ。

「ローズマリー・アディンセル、おまえも知っているかと思うがこの俺が国王だ」

「は、はい」

——存じております。

後半は声に出さず、心のなかでだけつぶやいてロージーは気を引き締める。たとえオリヴァーが王立学院時代からの兄の親友であろうとも、立場はわきまえなくてはならない。もとより公爵家の令嬢として、礼儀作法や社交の場での振る舞いは学んできているが、さすがに王前で直接会話をすることになるとは思いもよらなかった。

さて、風変わりな王は何を言い出すつもりなのか。

「俺は結婚を申し込むことにした」

「……?」

彼がエルシーに執心なのは知っているが、なぜ求婚の場に兄と自分が呼ばれたのか、思い当たる節がない。

「おい、なぜ黙っている」

——おにいさまが呼ばれるのはまだしも、わたしはなんのためにここにいるのかしら。

「俺は結婚を申し込んでいるのだぞ！」

あるいはエルシーが承諾した場合に、ブライズメイドにでも任命されるのかもしれない。だが親友は、どうにも国王との結婚を喜ぶようなタイプではないが……。

「ローズマリー・アディンセル！」

「はいぃッ!?」

いきなり大声で名前を呼ばれて、返事の声が裏返る。驚くロージーを凝視して、オリヴァーが不愉快そうに唇を歪ませた。

「俺はおまえに結婚を申し込んでいるのだが、返事はハイでいいのか？」

横に並ぶエルシーと彼女の父が息を呑んだのが感じられる。

——え、なに？　聞き間違いかしら。

信じられない言葉に耳を疑いながら、ロージーは親友に目を向けた。エルシーはいつもの余裕の表情ではなく、わずかに困惑と不安を宿した目をしている。

冗談のような現実に、ロージーはやっと気がついた。

国王陛下は、エルシーではなく自分に求婚しているのだ。

「あの、申し訳ありません。今、なんと……」

意味がわかってからも、聞き返さずにはいられないほどの申し出だった。そもそも顔を合わせるのとて二度目だ。なんの用事で呼ばれたのかと困惑していた身に、どのような因果で求婚などするというのか。

「フン、おまえの兄もそこの伯爵令嬢も口をそろえてローズマリー・アディンセルという女を賞賛するのでな。それほどすばらしい女ならば、この俺が娶るに相応《ふさわ》しかろう」

オリヴァーは長い足を組み、精緻な金細工を施した椅子の上で退屈そうに伸びをした。これがたった今、求婚した相手の前でとる態度だろうか。

——何よ、なんなのよ。どういうこと！

焦るよりも憤慨の気持ちのほうが強まる。ロージーは隣に立つリオンを見上げ、彼の発言を待った。いつもの兄ならば、相手が国王だろうと簡単に妹を差し出すなどありえない。まして、オリヴァーは明らかにロージーではなくエルシーに執心していたはずだ。リオンがそれを知らないとは考えにくかった。

「お待ちください、オリヴァーさま。それはあまりに乱暴な理由ではありませんか？」

しかし、口を開いたのは公爵であり王の執務補佐であるリオンではなく、一介の伯爵令嬢にすぎないエルシーだった。

「なんだ、エルシー。俺はおまえの言ったことを盲目的に信じているからこそ、おまえが褒めた娘を后に迎えようとしているというのに、今度はそれも不満なのか」

「んー、そういうことではなくて……」

言葉に詰まるエルシーを無視して、オリヴァーがリオンに視線を向けた。黒い瞳は王者としての威厳に満ちあふれ、彼が若いながらも王として国政を取り仕切っていることを感じさせる。

「リオン、おまえもかまわないな？　この俺が娶ってやると言っているのだから、バークストン公爵としては妹を嫁がせるにやぶさかではないはずだ」

有無を言わせぬ口ぶりだが、それこそ長年の付き合いであるオリヴァーとリオンだから通ずるものがあるようにも思えた。

——だからといって、おにいさまが簡単に頷くはずないわ。

いっそ祈るような気持ちで奥歯を嚙みしめるロージーの耳に、ふぅっと長いため息が聞こえてきた。

「陛下、我が妹に目をかけてくださいましたこと、心より感謝いたします。ですが早くに両親を亡くし、私は墓前に誓ったのです。ローズマリーを誰よりも幸せにする、と——」

ごくゆっくりとした口調で、一言ずつ区切るようにリオンが言う。しかしその言い方では、まるで彼自身がロージーを幸せにしようとしているように勘違いもしたくなる。

「ふむ、ならば遠慮するな。この俺が妹を幸せにしてやろう。一国の王相手に、不足があるとは言わせぬぞ」

当然、オリヴァーがその程度でひるむはずはなかった。

「……そうですね。もし陛下が我が妹を心から愛してくださり、妹も陛下をお慕いしているというのならば、私が止めるべき理由は何ひとつとしてありません」

「おにいさま!?」

理由があろうとなかろうと、母の喪が明けるまでは妹の縁談など認めないと言っていた兄が、初めて態度を緩和させている。それがどのような理由によるものか、ロージーも本当はわかっていた。

公爵たるもの領地を守り、領民の豊かな生活のために手助けをし、家族を愛し慈しみ守りぬく義務がある。

父は責務に忠実な誠意のある公爵だった。そして、その姿を見て育ったリオンが同じように領地と領民と家族を守ろうとしていることをロージーは知っている。

──わたしが王家に嫁げば、バークストン公爵家には安泰が約束されるから……？

にわかには信じがたいが、リオンとて人間なのだから妹を算段に使う可能性もありうる。

今までがそうでなかったのは、相手が国王ではなかったからということか。

──だけど……。

「……陛下、僭越《せんえつ》ながら質問をさせていただいてもよろしいですか？」

ロージーの呼びかけに、オリヴァーが眼差しひとつで承諾の意を表す。

公爵家の娘として育ったからには、ロージーにも覚悟のひとつやふたつはできていた。

いつかは家のために父が決めた相手と結婚するのだと、子どものころから知っていたのだ。

ただ、両親は政略的な理由で娘を早くから婚約させることを望まなかったし、父亡きあとも兄は妹を手放そうとはしなかった。だからこうして今日までのうのうと暮らしてこられた。それどころか、十八歳の誕生日を過ぎたら公爵家から出ていこうとさえしている──。

「……どうしてわたしなのでしょうか？」

理由如何《いかん》によっては、素直にこの縁談を受け入れるべきだ。たとえば、彼がはっきりと自分をエルシーの代わりだというならそれでもかまわない。王族の結婚に本人の意思が反映されていないことは多々ありうる。そして貴族の娘にも同じことが言えるのだ。

心に秘めた想いが成就する日は永遠に来ないことを、ロージーはよく知っている。兄に迷惑をかけないためと言い訳し、彼のそばを離れようとしていたが、もしも自分が王妃となればそれはリオンの将来への足がかりとなるかもしれない。

だからこそロージーは、オリヴァーの真意を知りたかった。彼が本心から自分との結婚を望んでくれているのならば、理由はなんにせよおとなしく従うべきだろう。

けれど頭ではわかっていても、指先がかすかに震えるのを止められない。

「いい質問だ。それはな、俺は完璧な王だからだ」

不安と困惑を抑えこみ、精一杯の対応をしようと考えていたロージーは頭から冷水を浴びせられたような気がした。自信満々に答える若き国王を前に、ついにがくりと肩を落とす。

彼はロージーごときには計り知れない謎の思考により、求婚しているようだが……。

——ちょっと変わった方だとは思っていたけれど、会話が成立しないじゃない！

エルシーが求愛を拒んでいたのも、これが原因だろうか。だとすれば親友の態度にも頷ける。

「俺は完璧な王たれと言われて育った。そして完璧な王になるべく日々励んでいる。完璧な王には、完璧な王妃が必要なのだそうだが、俺の望む女は自分を完璧ではないと言って固辞する。——俺の話に相違ないな、エルシー？」

急に話の矛先がエルシーへと向いた。

黒い瞳が、それまでとは違った熱を帯びる。その様子を見れば、彼が誰を想っているのかなど考えるまでもない。

エルシーはといえば、先ほどの動揺から立ち直ったのか、普段と変わらぬ妖精のような微笑みで頷く。彼女はオリヴァーの眼差しの意味を知らないわけではないだろう。

「オリヴァーさまのおっしゃるとおりです。でも、結婚とは愛しあうふたりがするものでしょう？　それともオリヴァーさまは、ロージーと話したこともないのに好きになってしまったのですか？」

ここへ来て初めて、ロージーは自分が孤軍ではないことを知った。エルシーは間違いなく親友であり、家のために望まぬ結婚をするなど馬鹿らしいと貴族令嬢らしからぬ考えを貫いている。

彼女は、四人の姉たちが少しでも身分のいい相手に見初められようと尽力する姿を見て育ち、くだらぬ価値観にとらわれることを何より厭《いと》うていた。愛らしい容貌とは裏腹に、しっかりと自分の考えを持った女性だ。

だが、ここでオリヴァーが首を縦に振れば、そのときこそロージーは絶体絶命となる。王が心底望み、欲する女性が自分なのであれば、公爵家のためにも彼女は拒むことを許されない。

「ハッ、まさか！　俺はそこまで単純ではないぞ。あなどるな」

「でしたら、そんなに簡単に求婚なさるものではありません。わたしはロージーの親友として、彼女が愛のない結婚に踏み切るのは断固反対です」

——ああ、エルシー。ありがとう！

ロージーは、心の底から親友の強さと正しさに感謝する。

「……フン、こんなときまでおまえは、俺のためではなくほかの人間のために弁を振るうのだな」

けれど、それに応えるオリヴァーの声には、わずかな悲しみとも嫉妬とも判別がつかぬ感情が紛れていた。やはり彼は、エルシーを后に迎えたいと考えているのだろう。

——わたしが本当は王室に嫁げる家柄の娘ではないことを陛下はご存じない。この場で固辞するのが正しいのに、おにいさまは黙っている。わたしに陛下と結婚してほしいと望んでいるの……？

胸の奥には、薔薇の棘がぽつりと残されている。それはとても小さく、そしてとても鋭い。何度忘れようとしても、ロージーの心を傷つけて時折痛みを思い出させる。

忘れることなど、許さない。

本当の心を封じようとする、偽者の公爵令嬢を薔薇は責めているのか。

「陛下」

それまで黙していたリオンが、穏やかな声を発した。その場にいる誰もが、胸の奥に抱える感情を解き放つように。あるいは、その心に巣くう悲しみを昇華させるように、優しく深みのある声だった。

「我が妹を見初めていただいたこと、心より御礼申しあげます。ですが、事は簡単に返答できる問題ではありません。それに、今のお話から察するに陛下は妹を愛するつもりで求婚してくださったわけではないのですね」

——ああ、わたしはなんて浅はかなんだろう。

兄の言葉に、ロージーは自らを恥じた。リオンが家のために妹を差し出すような人間ではないことなど、誰よりもロージー自身が知っていたではないか。それなのになぜ、兄の人間性を疑ってしまったのか。羞恥で喉が焼けつく思いがする。

リオンはいつだってロージーの幸福だけを願っていてくれた。それは、幼い日からずっとだ。十七年間、彼女が知る兄は妹を慈しみ、守り、幸せな未来へ歩き出せるように導いてきてくれたのだ。

「うむ。完璧な王妃として認めているのだから、子をなすつもりはあるぞ」

対してオリヴァーは、相変わらず見当違いな返事に終始している。まったく、この国の未来が不安になってくるほどだ。とはいえ、若き王は気高さと威圧感も感じさせる。強引なところも彼の人間的な魅力なのかもしれない。

「それだけでは妹は幸福になれません」

相手がオリヴァーだからこそ、リオンもはっきりと思いを告げられるのだろう。そうでなければ国王からの求婚を無下にするなど、公爵であろうと宰相であろうと許されることではない。

「母の看病に明け暮れ、屋敷に長らくこもっていた妹が恋も知らずに嫁ぐのは、兄としていささか胸が痛いのです。せめて相手が妹を愛してくれているのならばいざ知らずというところですが、陛下はローズマリーを愛しているわけではないとおっしゃいます。この状況における、兄としての気持ちもお察しくださいますね？」

やわらかな口調だが、リオンもリオンで譲る気など毛頭ないのがわかる。だが、いくら友人関係にあるとはいえ、オリヴァーにこれほど頑なな態度をとって、兄の今後に影響はないのだろうか。

「ふむ、つまりこういうことか。ローズマリーに好いた相手がいるのならば、その相手に嫁がせたいと？」

「ええ、左様です」

——え……？　今、なんだかおにいさまの目が……。

この世にふたつとない極上の宝玉を思わせる青紫の瞳が、何かを企むように細められたのをロージーは見逃さなかった。一瞬の違和感に、胸がきゅうっと締めつけられる。何かがおかしい、何かが……。

「なるほどなるほど。よし、良案を思いついたぞ。返事をするまで、一ヶ月の猶予をやろうではないか」

黒髪の王は、さもすばらしい案を思いついたように胸を張ってそう告げた。だが、謁見の間に集められた誰一人として彼の意図することがわかった人間はいない。少なくともロージーにはその一ヶ月が何を意味するのか、これっぽっちもわからなかった。

「あの、陛下、一ヶ月というのは……？」

「三十日という意味だ」

いや、そうではなく。

「今の流れで猶予をもらって何をすればいいか、ロージーもわからないと思います。オリヴァーさま、その一ヶ月で彼女に何をしろとおっしゃっているのですか？」

エルシーが、やけに真剣な目でオリヴァーを見つめる。自分を思いやってくれる親友の言葉に、ロージーも同意を示そうとして二度、首を縦に振った。

「一ヶ月以内に俺以外の男を好きになったならば、そのときは諦めてやると言っているのだ」

――どういう理屈ですか、それは。

相手がフィアデル王国の国王でなければ、ロージーは言いたい放題に彼を罵ったかもしれない。あるいは自分が公爵家の娘でなくとも同様だったか。それに、ロージーの問いかけには意味不明な返答をするくせに、エルシーに尋ねられればまっとうに答えるオリヴァーにはいささか不満も感じる。

くださ い」

「何を不服そうにしている。この俺の求婚を保留にした挙げ句、これほど譲歩しても文句があるのか」

「陛下、求婚した自覚がおありなのでしたら、相手を脅すような口ぶりはよろしくありませんよ。それと、ロージーは我が愛する妹ですから、彼女を責めるならどうぞ私を罵ってください」

さらなる混沌へと広がるリオンの口出しに、ロージーはますます頭を抱えたくなった。

「ほう、罵られるのが趣味だったとは初耳だぞ」

「特別好んでいるわけではありませんが、ロージーを守るためなら喜んで」

極上の笑みを浮かべる兄。

不敵な笑みで応戦する国王。

「あら、なんだか楽しくなってきましたね」

そして手を叩く親友と、親友をたしなめようとする伯爵――。

ともかくなんの説明にもならない理由をつけた猶予期間だが、オリヴァーなりに親友の妹を思いやってくれている――と好意的な解釈をするほかない。

オリヴァーと結婚したくなければ、誰かを好きになったと言えばいいのだ。逆に結婚しても良いと思えば、誰のことも好きにならなかったと一ヶ月の猶予のあとに告げろと。

「ならば水責めだ！　さすがのおまえも屈するしかあるまい！」

「なんと、その程度で手を引いてくださるんですか。さすがは陛下、お優しいですね」

「わあ、リオンさま、ステキです！」

「エルシー、おまえという娘は……」

主題からそれた話題で盛り上がる一同を無視して、ロージーは必死にそこまでの内容を脳内で整理した。

今すぐに返事をしろと言われるより、たしかに心遣いをいただいたおかげで思考に余裕は生まれたが、今まで十七年ずっと兄に憧れてきたロージーが、たった一ヶ月でほかの誰かを好きになるなどできようはずがない。

しかしロージーが考えこんでいる間に、リオンたちの会話はひどい方向へ進んでいた。

「くっ……、ならば婚約だ！　一ヶ月の間に婚約を決めなければローズマリーは我が后とする。もし婚約が成立しなければ、来月にはおまえの妹をもらい受けるぞ」

――え、ちょ、ちょっと⁉

唖然としているロージーに、国王が挑むような視線を向けた。黒き深淵に覗きこまれた気がして、心もとなくなる。

――どうしてエルシーを好きな陛下が、ここまで意地になってわたしと結婚しようとするの？

「婚約だなんて、困ります！」

「知らん。おまえの兄が俺にたてついたのを恨め」

オリヴァーは素知らぬ顔で立ち上がると、退席する前に一瞬だけエルシーを見やった。

ロージーやリオンに向けるのとは異なる、深愛を感じさせるまっすぐな眼差しを、エルシーはあえて気づかないふりでやり過ごす。

ふざけているようにも見えるが、オリヴァーは心からエルシーを想っているのだろう。

エルシーが振り向いてくれないから、なんとかして彼女の目を自分に向けさせようと必死にあがいている。この茶番はおそらく、それだけのことだ。ロージーを生贄として差し出したくなければどうすればいいかを、エルシーに問いかけるためだけの……。

——でも、それでエルシーが心を変えなかったらどうなるの？　一ヶ月以内に婚約を決められなかったからといって王妃になれと言われても、わたしだって困るわ！

「ロージー、大変ね。オリヴァーさまったら、本当に何をお考えなのかしら。一ヶ月で婚約だなんて、無理難題としか思えないのに」

オリヴァーの姿が謁見の間から消えて、代わりにエルシーがそばに来てロージーのドレスの袖口をきゅっと握りしめている。

「エルシー、あの……」

しかしロージーとしても、親友に「あなたが王の求愛を受け入れないせいよ」とは言えなかった。エルシーにはエルシーなりの考えがあって生きている。もし、彼女が自分のために考えを曲げて王の愛を受け入れようとしたならば、ロージーはそんなことをやめるよう進言するだろう。

——だったら、どうしたらいいの？

「婚約するしかないよね」

常日頃となんら変わらない、穏やかで優しい声が残酷な結論を紡いだ。

たったひとつの解決案を口にしたのは、親友ではなく美貌の兄である。見上げた視線の先で、リオンは花がほころぶようにふわりと微笑んだ。

なにゆえ彼はこれほど幸せそうに微笑んでいるのか、妹を最終的に苦境の果てに追いやったのはどういった心づもりなのか、そしてこの惨状に追い込まれた自分を放置するのか、はたまた助ける気があるのか……。

ロージーにはリオンの気持ちが想像もつかなかった。

† † †

屋敷へ帰る道すがら、馬車の中がうめ尽くされてしまいそうなほどロージーはひっきりなしにため息を繰り返していた。

自分を愛しているわけでもなく、ただ公爵家の令嬢でエルシーの親友だから都合が良いというだけで結婚を申し込んできた国王なんて、彼女にしてみれば何ひとつありがたみのない存在だ。もし求婚されたのが従姉妹のブリジットならば、一も二もなくイエスの返事をするだろうに――。

「ロージー」

だが同時に、オリヴァーの申し出はバークストン公爵家としては喜ばしいことなのだとも思う。父が生きていれば、宰相として辣腕を振るっていたことは想像に難くない。リオンとてじゅうぶんに父の後を継ぐだけの能力はあるが、いかんせん貴族たちの中では二十五歳は若年扱いだ。長きにわたり栄華を極めてきた公爵家を引き立てていくためには、今ここでロージーが王妃の座におさまるのが正しい選択だとわかっている。

「ロージー、ローズマリー？」

——でも、だからといってあの国王陛下との結婚生活なんて、とても考えられそうにないわ。

「ぼくのかわいいロージー、その愛らしい顔をこちらに向けてくれないのかい？」

すでに五十回は超えたであろうため息を、飽きることなくもうひとつ。ロージーは結い上げた赤毛をくしゃりと手でかいた。

「ロージー、聞こえてないならキスするけどいいのかな」

なにしろオリヴァーの求婚を無効にするためには、いずれかの男性と婚約をしなくてはならないのだ。当初の条件のままならば、一方的にロージーが恋い焦がれていることにするだけで済んだというのに、なぜリオンが困難な道を歩かせようとしたのかもわからない。

——おにいさまは、やっぱり本心ではわたしに陛下と結婚してほしいと思っているかしら。だから、断れない条件を……？

「それともキスしてほしいから、ぼくを無視していると思っていいの？」

そもそも実際は血がつながっていないといえ、外から見ればロージーはバークストン公爵家の娘なのだ。当のロージーすら、養女であることを知らないと兄は思っているかもしれない。そんななか、国王の求婚を退けるためだけに偽装婚約をしてほしいと訴えて、引き受けてくれる男性などいるはずが――。

「ローズマリー、これ以上焦らすとどうなっても知らないよ」

「きゃぁっ！」

正面に向かい合わせで座っていたはずのリオンが、いったいどうしたことか彼女の左隣から肩を抱きしめてくる。

「さっきからずっと呼んでいるのに、わざと無視しているの？　だとしたらひどいな。ぼくだってかわいい妹に返事もしてもらえなかったら傷つくんだよ？」

「考え事をしていて……。別に無視したわけではないの。ごめんなさい、おにいさま」

ひどいというのなら、王前での兄の態度とて十二分にひどかったと思う。しかし今さらそんなことを言っても始まらない。ロージーはおずおずと兄の腕を押し返した。

「きみがぼく以外のことを考えてばかりいるなんていやだな」

拗ねた口ぶりで唇を尖らせるリオンは、二十五歳には到底見えない。もとより年齢不詳の美麗な顔立ちをしているのだから、歳相応の態度をとっていても実年齢より若く見られることが多いはずだ。

――それにしても、こんなときにおにいさまったら冗談が過ぎるわ。

「ねえ、だから余計なことを考えるのはやめて。今はぼくに身を預けてくれればいい」

肩をつかんでいた手が背中に回り、ロージーをぎゅっと抱きしめる。互いの体が密着して、今朝の夢がまたしても脳裏に蘇った。

「婚約のことなら心配することはないよ、ロージー。ぼくにいい案があるからね」

やわらかな赤毛に顔を埋めて、リオンが優しくささやく。甘く鼓膜を震わせる声のせいで、ロージーはいっそうわからなくなっていた。

兄は、自分にオリヴァーと結婚してほしいのか、してほしくないのか。

けれどリオン個人の考えは抜きにして、公爵家のためを思うなら答えは最初から決まっている。今まで本当の娘でもないのに、大切に育ててもらった。その恩義に今こそ報いるときなのではないだろうか。

「……わたしが王妃になれば、おにいさまも我が家も安泰よね」

リオンの腕に抱きしめられたまま、ロージーは小さくつぶやいた。同意を求めたわけではなく、それは自分に言い聞かせるための言葉だった。しかし――。

「今、なんて言った?」

数秒前と別人のように、凍てつく冷たさの声が耳朶を撫でる。

今の声は……?

馬車内には、リオンとロージーしかいないというのに、彼女はそれが兄の声だと信じられなくて。

――おにいさまがこんな冷たい声を出すなんて、ありえないわ。

「ぼくは耳が悪くなったのか。ねえ、ロージー、もう一度言ってごらん？　きみはなんて言ったんだ？」

「おにい、さま……？」

心の底まで凍りつく思いで、兄を見つめる。彼とて謁見の間を出る間際、婚約するしかないと言っていたはずではないか。ならばその相手がどこぞの貴族よりは、国王そのひとのほうが家のためにもなるというものだろう。

そんなロージーの考えなど、推しはかるまでもないと言いたげな冷えきったリオンの瞳が彼女を凝視する。完全に表情が消えた兄の顔は、もとが美しいせいで狂気じみて見えるほどだ。

しばしの無言のあと、リオンがゆっくりと口を開いた。

「こんな窮地に追い込まれても、何も気づいてくれない愚かでかわいいローズマリー。無自覚なところがかわいいけれど、たまにきみの愛しさに腹が立つよ。でも、心配しないで。どんなきみだって愛してる」

「お、おにいさま、なんだか怖いんだけど……？」

「怖くないよ。たっぷり優しくしてあげる。ロージーはぼくにかわいがられるのが昔から大好きだったよね」

会話が成立しているとはとても思えない。いや、表面的に見ればじゅうぶんに成り立っているともいえるが、互いの核心がすれ違っている。

愛してるの言葉さえ、心をすり抜けていく。家族としての愛では、今のロージーを救えない。

「だから逃がさない。鈍感なきみの心をあばいて、すべてを知らしめてあげるよ」

兄の腕が強く強く彼女を抱きしめた。

「い、痛……っ」

その後、屋敷に着くまでロージーがどんなに苦しいと訴えても、リオンは腕の力を緩めることはなかった。

——この腕から逃《のが》すつもりはない。

そんな彼の決意がこもった抱擁に、ロージーは狼狽するしかできなくて。

彼女はまだ知らない。

兄の腕の中で感じる戸惑いは、これから始まる運命の序章でしかないということを。

彼女はまだ、知らない。

美しく優しい兄の胸に宿る、昏《くら》く狂おしいまでの欲望を——。

† † †

バークストン公爵邸の敷地には、本館と呼ばれる白亜の邸宅が中心に大きくそびえている。正面門から見ると南北に翼を広げた鳥を思わせる造りになっており、南翼の側面から中庭へと小屋根つきの通路が続く。その先には年中多彩な花色が楽しめるよう、意匠を凝らした散策路と本館と同じ白亜の四阿《あずまや》が、さらに進むと硝子張りの瀟洒な薔薇園が見えてくる。

普段ロージーが立ち入るのは本館と中庭、それに兄が改築してくれた大好きな薔薇園くらいだが、北翼側には生前に父が愛用していた小さな別館があった。

もとは公爵家で婚儀が執り行われた際、初夜から一ヶ月間を新婚夫婦が過ごすための設備だったそうだが、父はその別館を仕事用の物置代わりに使っていた。ロージーには無縁の、難解な政治学や海外の歴史書などがたっぷりおさめられた大きな書架があると聞くが、中に入ったことはない。

本館とは建てられた時代が違うらしく、別館は濃淡をいかした茶色の煉瓦壁に古めかしい飾り窓が敷地内でも異彩を放つ。樫の木組みでできた二階建ての小さな家屋は、父亡きあとリオンが管理していた。

「ねえ、おにいさま、もうすぐ夕食の時間なのにどうしてこんなところに連れてきたの？」

公爵邸に戻ったリオンは、いつになく強引にロージーの手を取った。そして妹を本館ではなく別館へと誘《いざな》う。幼いころは入ってみたいと思った別館だが、夕暮れの橙色に包まれた北翼側は一種独特な雰囲気を感じさせる。

「おにいさまったら！　そんなに強くつかんだら、手首が痛いわ」

普段ならば貴公子然とした態度を崩すことなく悠然とした笑みを見せるリオンが、夕陽の魔力に呑まれたかのように押し黙ってロージーの声を無視していた。

兄のため、家のためと思ってオリヴァーの求婚を受けることを考えていたのに、なぜこれほど不興を買うのかわからない。ロージーの知らなかった兄の背中が、目の前を早足で別館へ向かっていく。

中に入ると、わずかに埃っぽさは感じるものの、想像よりも室内は手入れが行き届いていた。壁には古びた肖像画と風景画がかけられ、赤い煉瓦の暖炉の前には毛足の長い絨毯が敷かれている。

「……もう、どうしたっていうの？　こんなところに急に連れてきたりして」

やっと手を離してもらい、ロージーはつかまれていた手首を撫でながらあたりを見回した。吹き抜けの大きな天窓から注ぐ太陽の最後の光が、床の木目を鮮やかに浮かび上がらせる。壁一面の書架も、重厚な床も、古くはあるがよく磨かれて光を反射していた。

リオンは書架の一端へ近づくと、小さな硝子瓶を手に取った。瓶の口が細くすぼまり、菱形の栓の頭に鋭美なカッティングを施された小瓶は、何かの液体が入っているようだ。

「…………おにいさま？」

さすがに黙りこんだままの兄を不審に思い、ロージーは小さな声でおずおずと呼びかける。未だかつて、こんなふうにリオンに無視された記憶はない。どんなときでも優しくて、過保護すぎるほど妹に目をかけていた兄だというのに、これではロージーが心配になるのも当たり前だ。

「怯えているね。ぼくが怖いのかい、ロージー？」

ゆっくりと振り返る兄の、夕陽を浴びた金色の髪が音もなく揺れる。常にもまして艶美な微笑を浮かべる唇が、媚薬を思わせる甘苦しい声音で彼女の名を呼んだ。

「べ、別に怯えてなんていないわ。ただ、どうしてこんなところに連れてこられたのかわからなかったから」

リオンが振り向いてくれたことに安堵しながら、ロージーは自分が子どものように怯えているると思われたことが悔しかった。そのせいで、つい強がりを言ってしまう。生まれてこの方ずっと暮らしてきた敷地にある別館なのだから、中に入るのが初めてだからといって怖がったりしない——というのは建前だけの話だ。

舞踏会の夜、暗がりに怯えているのではないかと心配してくれたリオンの考えこそが正しく、ロージーは明かりのない部屋も知らない場所も苦手だった。

「そう……。きみは勇敢になったんだね。もうぼくのあとを追いかけてばかりいた幼い少女ではなくなってしまった。それに強くて優しくて、素直で愚鈍で純真で残酷で……」

「あの……、それはどういう意味？」

ふっと妖艶な笑みを見せて、リオンがクラヴァットから十字架《クロス》をモチーフにしたピンを抜き取った。典雅な指先がひらりと宙で揺らぎ、繊細なクラヴァットピンが床へ落ちる。

ロージーがそれに気を取られている間に、兄は妹の間近まで歩み寄っていた。

「強がりなきみを、全部壊してあげるよ。ぼくだけのロージー」

冗談とも思えない歪んだ欲望を浮かべた眼差しに射抜かれ、足がすくむ。兄の指が顎にかけられても、顔を背けることができなかった。

そして、もう一方の手だけで器用に小瓶の栓をはずしたリオンの所作にも気づかず――。

「なにを……!?　ん、んぅ……っ……」

彼女の視界を、金色と橙色が覆い尽くす。

――キス、される。

わかっていても逃げられなかった。逃げなかったのかもしれない。いけないことだと知りながら、あの舞踏会の夜にかすかに触れた兄の唇をもう一度感じてみたかった。

あえかな吐息すら封じ込め、リオンが狂おしく唇を押しつけてくる。

「……は……っ……ぁ……あぅ、ん!」

息苦しさに耐えられず、互いの唇のわずかな隙間をぬって短く息を吸った。それを狙っていたのだろうか。ひたすらに重なるばかりだったやわらかな唇の合間に、ぬるりと熱い何かが差し込まれた。

――なに……？　これ、もしかして……。

知らず知らず閉ざしていた薄水色の瞳を見開き、ロージーは白い喉を震わせる。上向けられた顎に添えられていた兄の手が、そろそろと首筋を辿っていく。歯列を撫でられる奇妙な感触は、唇だけで感じていたキスとはまったくの別物だった。

「んん……ッ、ん、ふ……ぅ……！」

赤く腫れた唇の裏側、敏感で繊細な粘膜をなぞるそれは、濡音を立ててロージーの心を煽っている。淫靡《いんび》に濡れた存在に、体中の力がほどけていく。自力で立っていることも難しくなったロージーは、リオンのフロックコートにすがりついた。

深く合わさった唇の合間から、くちゅりと水音が漏れる。いつしか歯列を割ったそれが、口腔にまで入り込んでいた。間違いない。彼女の甘い粘膜を撫で、逃げようとする舌に絡みついてくるのはリオンの舌――。

「ゃ……ダメ……ぇ……っ！　ん……っ」

大きく首を左右に振って、ロージーは必死に兄のくちづけから逃げようとした。首筋を撫でていたリオンの手が薄い肩を強くつかむ。

「おにいさま、何を考えているの？　わ、わたしたち、兄妹なのよ！」

兄公爵のキスに心まで蕩けてしまいそうになっていたことを知られたくなくて、ロージーの声はひどく頑なにリオンを拒絶する響きを伴っていた。意地っ張りで、自分の官能すら受け入れられず、それでも体が反応してしまうことがはしたなくて恥ずかしくて、ただおそろしくて。

「感じていたくせに、怒ったふりをするなんてロージーはどこまでも愛らしいね。――だけど、これ以上ぼくを拒むのは許さない。ねえ、ロージー？　きみを自由にしてあげる。きみを素直にしてあげる。かわいいきみを、ぼくだけのものにしてあげる……」

手にしていた小瓶の中身を一息に呷《あお》ると、リオンは瓶を投げ捨てて両手で彼女の肩を引き寄せた。逃げようとするロージーの髪に右手を差し入れ、乱暴に唇を重ねる。

「……ぅ……っ、んん……」

兄が口にした液体がなんだったのかは不明だが、その唇がかすかに冷たく濡れていた。そう思った次の瞬間には、薬物的な甘さが口の中に広がる。

——これは……さっきの瓶の中の……。

逃れようとしても、唇をきつく結ぼうとしても、体が言うことをきかない。腰の奥に、熱のぬかるみが淫らな泉となって湧き上がる。

兄の唇に、指先に、額にこぼれてくる金色の髪に、ロージーの体の自由が奪われていく。

「んっ……ん、……っく……」

そらした白い喉の内側を、冷たく蕩ける甘い液体が流れ落ちる。嚥下を強要されながら、激しくくちづけられ、体中が痺れたように小刻みに震えていた。

「ゃ……、な、何……？」

か細い両手に精一杯の力を込めてリオンを突き飛ばし、ロージーはがくりとその場にしゃがみこんだ。自分は今、いったい何を飲まされたというのか。覚えのない味は、舌の根に甘さと苦さを残して彼女をいっそう怯えさせた。

「ねえ、ロージー。この別館はね、かつて新婚生活を誰にも邪魔されず営むために、若い夫婦が使っていたんだよ」

こんなときだというのに、リオンは何事もなかったかのような口ぶりでロージーも知っている事実を口にする。その冷静さが、狂気じみた響きを醸し出していた。

「……だから、ぼくときみがここで甘く淫らな秘密を共有しても許される。そうは思わない？」

つい先刻まで橙色に染まっていた室内は、宵闇を迎え入れようとしていた。薄く闇に溶けるリオンの輪郭。その甘やかな声。

目がかすんで、よく見えない。

世界が遠ざかる錯覚に、ロージーは両手を床についた。

「そ……なこと……おか、し……ぃ……」

呂律が回らず、自分が座っているのか横たわっているのかもわからなくなっていく。さっき飲まされたのは、どんな効果のある薬品だったというの……？

そして彼女は、数分ともたずに冷たい床に身を任せた。ドレスの胸元が呼吸のたびに上下する。やわらかな白肌と、閉ざされた薄いまぶた。

「きみはぼくだけのものだよ。誰にもわたさない、ローズマリー……」

無感情な声でリオンがささやいた言葉も、ロージーにはもう聞こえなかった。

† † †

薔薇蔦の絡まる檻の中、遠く金糸雀《カナリア》の鳴く声がする。冷たい鉄格子に指先で触れると、寂しさが指から心の奥底まで沁み込んできた。

——ああ、これは夢だわ。

明晰夢と知って、彼女はかすかに安堵する。

真っ暗な空間にぽつりと置かれた正方形の床板に座り、膨らんだドレスの腰部分を両手で押さえてあたりを見回す。どこまでも続く闇、闇、闇——。

夢だとわかっていても、首筋がぞくりとする。いや、本当に夢なのだろうか。夢だと思い込んでいるだけの現実ではないと、誰が否定できるのか。

ここには、ロージーしかいないのに。

色もない。光もない。香りもない。音もない。自分の呼吸さえ聞こえない世界の暗がりで、彼女は唯一感じた温度を思い出す。彼女を取り囲む檻に向けて、再度細い指先を伸ばした。

「痛っ……」

鋭痛が右手の人差し指を駆け抜けて、伸ばした手をびくりと引き戻す。指の先端、皮膚と爪の間に何かが刺さった。あれは、バラの棘……？

「——ロージー、だいじょうぶだよ。もう泣かないで」

唐突に耳元で兄の声が聞こえた。

しかしそれは、ロージーのよく知るリオンよりも幼さの残る高い声に思える。

「……おにいさま？」

「何があってもぼくがきみを守るから、怖いことはもう起こらないよ」

夢の中で見る夢は、清冽な記憶を呼び覚ます。そう、これは夢でありながら夢ではない。あの日、ブリジットに自分は公爵家の娘ではないと言われたあと、リオンは泣きじゃくるロージーを優しくなだめた。

「何があっても……？」

唇からこぼれる声は十七歳のロージーの声だというのに、心は自然と幼い日の感情をなぞらえる。

「だったらおにいさまは、わたしとずっとずっと一緒にいてくれるの？　本当にロージーをひとりにしない？」

あたたかな手のひらが、額を撫でた。見えなくとも、そこにリオンがいる。ロージーは不自然な世界を次第に受け入れはじめていた。

「ずっと一緒にいるよ。だってきみはぼくの——になるんだから……」

今、彼はなんと言った？

途切れる音を追いかけて、ロージーが手を伸ばす。けれど指が触れるのは固く冷たい檻でしかない。

「おにいさま……？　どこ……？」

ぬくもりが消えて、声が消えて、心が消えて、残されるのは記憶だけだろうか。

「おにいさま！　おにいさまっ」

薔薇蔦の絡まる檻さえ見えなくなる。暗がりの深淵で、彼女は狂ったように兄を呼び続けた。

ひとりにしないで。本当はいつだって、暗いところは苦手だったの。怖がってばかりでは、おにいさまに迷惑をかけてしまうから無理をしていただけなのに――。

「リオンおにいさま……、行かないで……」


――そして、夢と現《うつつ》の境界線はバラの香りに包まれて危うく揺らいでいく。


頬が熱く濡れていた。目が痛い。眼球の奥がずきずきと重い。喉が渇いて、ロージーは自分が泣きながら目覚めたのだと思い知る。

「……ここ、は……」

やわらかな敷布に横たえられた体を起こそうとして、彼女は両手首がぴたりとくっついたまま離れないことに気づいた。まだ涙に濡れた薄水色の瞳で自分の手を見つめて、しばし息を止める。

「何よ、これ……」

両手首は、真紅のリボンで一括りに結わえられていた。痛むほどに締められているわけではないが、幾重にも巻かれたシルクのリボンは力を入れてもほどけそうにない。それどころか、結び目は瘤になっている。

「ん……っ」

リボンに歯を立ててみるも、そうやすやすと千切れる気配はなかった。いったいなぜ、誰がこんなことを——。

そう思ってから、ロージーはハッと顔を上げる。

自分を別館に連れてきたのは兄だった。そして意識を失う直前にそばにいたのもリオンただひとり。いつも守り慈しみ、愛してくれた兄がこんなことをするとは思いたくないけれど、ほかに犯人と思しき人間も考えつかない。

記憶を辿りつつ軽く頭を振ると、結い上げていた髪がほどかれている。ゆるやかなカールを描く赤毛が肩を覆っていた。

不意に頭痛が強くなり、ロージーは痛みに目を閉じる。奥歯を噛みしめて、肩をすくめた彼女は肌が空気に触れていることにやっと気づいた。

王宮へ行くために着飾ったはずのドレスが剝かれ、見下ろした胸元は下着一枚。細腰を締めつけていたコルセットすら見当たらず、よく見れば薄衣の靴下さえ剝ぎ取られている。

「どうして……こんな……」

ほのかに明かりを揺らす燭台が溶けた蠟をきらめかせるのを視界の端にとらえ、ロージーは改めて周囲を確認しなければと思った。

別館の一階にいたはずだが、あの部屋に寝台はなかったと記憶している。赤い煉瓦の暖炉を見た記憶があるが、この部屋にあるのは茶色と濃灰色の煉瓦を組み合わせた二色の暖炉。つまりここは、彼女が倒れこんだ場所とは違う――。

「おはよう、ロージー。目が覚めたかい？」

扉が開く音と同時に、聞き慣れた兄の声が鼓膜を揺らす。薄水色の瞳を見開き、ロージーは声のしたほうへ振り向いた。

「ああ、でもおはようの時間ではないよね。もう夜だよ。おなかが減ったんじゃないかな」

異様な格好で寝台に寝かされていた自分を見ても、兄はなんら動じることもない。つまりこの状況を知っていたのだ。

「おにいさま、これは……どういうことなの？　おにいさまがやったの？」

大きな花瓶を手にしたリオンが、ゆったりとした足取りで室内を歩いてくる。炉棚に置かれた燭台の明かりに、白、赤、黄色のバラが燃えるような色味を見せた。こんなときだというのに、優雅にバラの花瓶を運んでくるなんて兄の考えがまったくわからない。

「ふふ、その呼び方も好きだったけど兄妹ごっこはそろそろ終わりにしよう」

「……え……？」

無骨な木製の丸テーブルに花瓶を置くと、リオンが右手で前髪をかきあげる。フロックコートを脱いでクラヴァットをはずした彼は、シャツの襟元をくつろげた姿でロージーを見下ろした。薄明かりに照らされた兄は、見慣れた彼とどこか違っている。しかし、ロージーにはリオンの何が変わったのか判別できない。

——おにいさまは、おにいさまなのに……。

兄妹ごっこだなんて、彼女の心を思いやるリオンが口にするとはにわかに信じがたく、ロージーは虚ろな瞳を彷徨《さまよ》わせる。

「なにを……言って……いるの？」

「知らなかったなんて言わせないよ、ロージー」

リオンの靴が床を鳴らし、彼は微笑みを浮かべたまま寝台に近づいてきた。一歩、また一歩。美貌の兄の麗しい笑みが、ロージーの心をわしづかみにする。

「きみだって知っているんだよね。ぼくたちが本当の兄妹じゃないってこと。——ああ、そんなに悲しい顔をしないで。たしかに今のぼくたちは兄と妹でなくなってしまえば赤の他人かもしれない。だけどね、本当の家族になる方法があるんだ。ねえ、ロージー、言わなくてもわかるよね……？」

大きな手が、白い敷布に置かれた。ぎしりと音を立てて、古い寝台が軋む。

「わ……からな……」

目覚めてからずっと感じていた喉の渇きが、彼女の声をかすれさせた。唇も口の中も、そして心の内側までも渇ききっている。恐怖におののく体が、認めたくない現実を前に敷布の上で後ずさった。

「いけないな、ロージー。嘘をつくなんて、お仕置きしてほしいのかい？　ぼくにそういう趣味はないけれど、きみが望むなら努力してみようか」

「……っ」

手首を拘束され、身動きもできない彼女の頬にリオンが優しく優しく手をあてる。そのぬくもりすら、今のロージーにはおそろしく思えてならない。

──これはきっと、何かの冗談よ。だっておにいさまは、ちょっと過保護なところはあるけれどわたしの家族で……。

「きみがね、ぼくのものになってくれればいいんだよ。なんの問題もないじゃないか。だってぼくはこんなにきみを愛しているんだから……」

静かな声が、ロージーに魔法をかける。

手首を拘束されているから抵抗できないのではなく、ドレスを剝ぎ取られたから逃げられないのでもなく、青紫の瞳と甘やかな声に魅了されてしまったからこそロージーは身動きできない。

「おにいさま、ダメ……！」

わななく唇があえかな抗いの言葉を紡いでも、リオンは微笑みを浮かべたまま彼女の首筋に顔を近づける。吐息さえもひりつくほど敏感になった肌の上を、濡れた舌先が躍った。

「ひ……っ」

左耳の下から肩へと続くなだらかなラインを、兄の熱い舌が焦らすようにゆっくりとなぞっていく。ちろちろと蠢《うごめ》いては留まり、唇を押しあてて薄い肌に歯を立てる。

「陛下と結婚するとか、ほかの男と婚約するとか、きみはぼくの気持ちを蔑《ないがし》ろにしすぎたんだ。もう、優しい兄でいるのはやめるよ。誰かのものになるきみを指を咥えて見ているなんて、我慢できそうにない」

今まで生きてきた十七年間で、一度として感じたことのない淫猥な悦《よろこ》びがロージーの白い肌を薄紅色に染めはじめていた。

「ゃ、やだ……！　やめ……、ん……っ！」

息があがるのを堪えられない。舌先ひとつで翻弄されて、薄衣に隠れた胸元がぴりぴりとせつなく疼く。白いレースに縁取られた下着の肩紐がずらされると、ロージーはリボンで縛られた両手で必死に胸を隠そうとした。

「隠されると余計に見たくなるんだよ。男の本能を知っているからこそ、ロージーはあえてぼくを煽っているのかい？　なんていけない子だろうね」

「違う、違うの、おにいさま。お願い、わたしの話を聞いて」

肩口にリオンのやわらかな金髪が触れる。それは、彼が鎖骨に唇をつけて甘咬みするせいだ。すべらかな白肌をくすぐる淫らな官能に、ロージーは喉をそらして唇を噛む。

――いや、いやなのに、どうして……っ。

体中の力が抜けていく。手も足も腰さえも、自分の意思のとおりに動かなくなってしまう。

「いいよ、なんでも聞いてあげる。ぼくのかわいいロージー、きみの声は極上の音楽を奏でる楽器みたいだ。それにこの吸いつくような肌……。たまらないよ。もっときみを食べさせて」

「……ふ……っぅ……」

かろうじて色づいた部分を隠すにいたる下着が、じりじりと引き下ろされていく。胸の膨らみは上半分をあらわにし、その谷間に顔を埋めるようにしてリオンがくちづけを落とした。

気を張っていても、唇に舌に指に肌をなぞられるたび、自分の声とは思えないほど甘くねだる嬌声が漏れてしまいそうになる。ロージーはきつく奥歯を噛みしめて、声をのみ込むだけで精一杯だった。

下着の胸元に結んだ細いリボンをリオンがほどいた瞬間、裸身をあばかれる恐怖にロージーは両手で兄を押し返した。

「ダメだよ。抵抗なんてしないで。ぼくを拒むのだけは許さない」

「ゃ……っ……」

一括りにされた手首が、軽々と頭上に払われる。それどころか抗うことは許さないとばかりに、リオンが片手で拘束部分の中央を寝台に押さえつけた。

腕を上にあげた姿勢を強要されたせいで、必然的に両胸が強調されたのがわかる。前合わせを開かれ、下着の胸元が左右にはだけて――。

「み、見ないで、イヤ……っ！」

ふっくらと女性らしい豊満な胸を、リオンの視線がとらえていた。その丸みを帯びた輪郭を、左右の丘の頂《いただき》にツンと尖る愛らしい果実を、さも愛しくてたまらないと言いたげな眼差しが完全にあばいていく。

「ああ、ぼくの妹はなんて罪深いんだろう。だけど、それもおしまいだよ。きみには二度とぼくのことを兄と思えなくなるまで、たっぷり甘い快楽を教えこんであげる。ねえ、ロージー？　道徳的なきみなら、兄に愛撫されてよがり狂うなんて耐えられないよね……？」

吐息混じりの淫靡なささやきに、顔を真っ赤にしたロージーは涙目でリオンを睨みつけた。

たとえ兄といえども、異性の前で肌をさらすなんて上流階級の女性にあるまじき由々しき事態だ。しかも、リオンはただロージーを脱がせたばかりでなく、その柔肌にくちづけて淫らな悦楽を与えようとしている。

「おにいさまは、わたしが嫌いなの……？」

口先では愛を語りながら、彼女のもっとも望まぬ行為に及ぼうとする兄に向けて、ロージーは涙声で尋ねた。

彼女には、もうわからなくなってしまっている。愛するというのは、体の欲望に流されることなのだろうか。少なくとも、ロージーが思う愛はそれとは違っていた。

家族として、兄として、リオンを思うからこそ彼の重荷になりたくない。愛する兄のために、この身を王家に捧げることさえ決心できるほどの気持ちでいるというのに、彼の求めるものは肉欲的な快楽だけだというのだろうか。

「わたしが本当は……お父さまとお母さまの娘でもないのに、公爵家の一員として一緒に過ごしてきたのが許せなかったの……？　だから、傷つけたくてこんなひどいことを……」

だとすれば、バークストン公爵家の血を一滴も引いていない自分を王妃として差し出せないと判断するのも当然だ。国王にどこの馬の骨の娘かもわからない后を迎えさせる恥をかかせないためにも、こうしてロージー自身に現実を知らしめている。この行為がそうした目的によるのならば、リオンは間違っていた。

彼が望めば、ロージーはいつだってこの屋敷から、なんならこの国から姿を消すのだから。

――あんなに愛していると、かわいい妹だと言ってくれていたのに、本心ではわたしを憎んでいたというの……？

「ロージー、本気でそんなことを思っているのかい？」

「き、傷つけるくらいなら、出ていけと言ってくれたらよかったのに！　おにいさまがわたしを邪魔だと言ったら、いつだって消える覚悟はできていたわ。わたしは、おにいさまの足手まといになんてなりたくなか……っん、……あ、やぁぁ……ッ」

言い終えるより早く、リオンが片手でロージーの胸を裾野から持ち上げる。そればかりか、赤く色づいたいとけない突起にむしゃぶりついた。

——嘘！　こんな……、こんなはしたないことをおにいさまがするなんて！

頭のなかが真っ白になる。なのに、リオンのすぼめた唇で吸われる乳首はきゅんとせつなく疼いて、ロージーの知らない快楽の糸を縒《よ》り合わせる。

「ダメ……ぇ……っ」

びくびくと腰が跳ねた。舐《ねぶ》られているのは胸だというのに、足の間に熱が収束していく。堪えきれない淫猥な刺激に、体がいうことをきかない。

「ゃ……やめ……、んぅ……っ」

「きみを傷つけたかったのかと聞いたね……？」

ぴちゃりと舌先で薄桃色の乳暈を舐めて、リオンが上目遣いにロージーを見やった。青紫の宝玉を思わせる瞳には、痛みに堪えるごとき苦渋が浮かんでいる。

「誰よりも甘やかして、誰よりも慈しんで、そして誰よりもきみだけを愛したいと願っていると言いたいところだけど——。残念だね。たしかにぼくはきみを一度だけ、ひどく傷つけたいんだよ、ロージー」

「や、やっぱり……わたしのことが……」

——嫌いだったんだ。

眦《まなじり》から透明なしずくが、一筋こぼれて耳へ伝う。これほどまでに、兄から憎まれていただなんて思いもよらなかった。何よりこんな屈辱的な行為の最中《さなか》であっても、リオンに弄《いじ》られて、胸の先がみだりがましく尖ってしまう自分が恨めしい。

「そうだよ。世界一愛しているから、きみに痛い思いをさせたいんだ。この愛できみを貫いて、誰も知らないきみを見たい。ぼくの手で純潔を奪って女にすると言えばわかるよね」

唾液で濡れて、はしたなく尖るつぶらな果実にリオンが鼻先をこすりつける。

ただ愛しくて、ひたすらに愛しくて、ロージーを傷つけたくなるのだとその唇は愛をささやいた。

──愛しているから……傷つけたい……？

たとえばそれが、ひとりの男がひとりの女に向けて言う言葉だとすれば、こんな戸惑いは感じずに受け取ることができたのかもしれない。

けれど、兄と妹における愛情は性的な快楽を共有することにつながらないのだ。

「おにいさま、待って……。わたし、わたしは……」

家族を失うのが怖い。

両親を亡くしたロージーには、リオンだけが残された唯一の家族だ。もしも彼の言うがまま、その行為を受け入れてしまったらどうなろうと妹には戻れない。

しかし心の裏側でもうひとつの声がする。

──どうせ、あと一ヶ月もしないで公爵家から出ていくんだもの。だったら、一度くらい大好きなおにいさまに身を委ねたっていいじゃない。

愛の記憶を体に刻んでほしいと、はしたなく望む自分を知ってロージーは屈辱に嗚咽を漏らした。

「ロージーは頑なだね。だけど体はこんなに素直だよ。心も、ぼくに預けてほしい」

「んッ……！」

乳暈を親指と人差し指でつまみ、無垢な乳首をくびりだしたリオンが、彼女の快楽の証を知らしめようと先端を舌先でつつく。

「ほら、見てごらん。ぼくに舐められて、嬉しそうに尖ってる。これでもきみは、感じていないって言えるのかな」

「ちが……っ、ぁ……、あぅ……ッ」

引き出された快楽は、止めどを知らない。喘げど楽になれない息苦しさともどかしさは、リオンの舌にあやされることで癒される。その事実に気づいても、ロージーは自分が享受している快楽を受け入れることなどできなかった。

「舐めちゃ……ダ、ダメ……っ」

抵抗しなければと思うのに、腰の奥がとろりと甘く蕩けていく。誰にも触れられたことのない空洞が、何かを締めつけようとして淫らに蠢いた。

「きみを傷つけさせて。初めての痛みは、ぼくが与えてあげる。ロージーがどんなに泣いても、どんなに怯えても、ぼくが全部犯してあげるから……」

リオンの言葉に呼応して、閉じた内腿の奥に息づく小さな蜜口が疼く。

彼は、ロージーの穢れなき体を自らの愛慾で貫こうとしているのだ。それをはっきりと理解した瞬間、拒むべき体が悦《よろこ》ぶように媚蜜を漏らした。

「や、ぁ、ぁ……！」

抱かれてしまえば、すべてが終わる。

今まで家族として暮らしてきた十七年の何もかもが、一時《ひととき》の欲望に屈してしまうことが怖くて。

「ダメ……っ、おねが……、ぁ、ぁ、もぉ……こんな……っ」

体中の血液が熱を帯びて、いっそう淫らに肌を染めていく。それでもロージーは必死にその身を捩って兄の視線に犯されながら、ツンと尖った胸の先を震わせた。

「ああ、そうか。舐められるだけじゃ足りないんだね。欲張りでかわいいロージー。ふふ、いいよ。だったら、唇で扱《しご》いてあげようか。それとも、たっぷり吸ってあげようか……？」

ひゅぅ、と喉が音を鳴らす。

そんなのいけないと言おうとした唇と、リオンの提案を想像して甘い刺激に支配された体が、ロージーの理性を乱して呼吸すらうまくできなくさせる。

――おにいさまの、唇で……？

禁忌の行為でしかない。それを知りながら、みだりがましく乳首が尖ってしまう。

「ねえ……ロージー？」

どっちにしようか――。

瞳だけで語りかけるリオンの前で、初心《うぶ》な体と心を持て余したロージーは今にも屈服しそうだった。

現に胸の先は期待にきゅんとせつなく充血し、もっと触れられたらどうなってしまうのかと疼いているのだから。

「……どっちも、できな……」

道徳観まで引き裂かれそうな欲望に、涙目で彼女は訴える。だが、リオンは愛する少女がそう答えることも想定していたのか、小さく頷くと上半身を起こした。

——これでやめてもらえる。

ロージーは薄く開いた唇から、安堵とも苦悩ともわからない吐息を漏らした。同時に長い睫毛をふせて、まだ涙の残る瞳をまぶたに隠す。けれど、その愛らしい薄水色の瞳だけではなく、媚畝に隠された純真な蜜口もまた、淫らな涙に濡れていて——。

「選べないなら仕方ないね。もっと感じるところを教えてあげるよ」

その言葉と共に、めくりあげられた下着の裾からあたたかな手のひらが入り込み、内腿に触れた。

「い……いやっ！　そこはイヤ！　本当にダメ！」

経験がないからといって、もうすぐ十八歳になるロージーが性に無知だということにはつながらない。屋敷で母の看病に明け暮れていても、侍女たちの会話から男女の愛の行為を聞きかじることはあった。

だからこそ、自分の体が今どんな状態になっているかがわかる。

唇では拒絶の言葉を叫びながらも媚蜜をあふれさせているのは、リオンを受け入れようとしているからだ。

「あれ？　ここはダメって、ロージーは自分の体がどうなっているのか知ってるのかい？　それとも、ぼくの知らないところで恥ずかしいひとり遊びを堪能していたの？　ふふ、だとしたらその姿を見たかったな。どんなことを考えて、自分を慰めていたのか教えて……」

足を閉じようと膝に力を入れたが、時すでに遅し。リオンは彼女の膝裏に手をかけ、大きく左右に割ってしまう。

「そんなことしないわ！　もうお願いだから、おにいさま、許して……っ」

悲鳴に似た声をあげて、ロージーは下腹部に違和感を覚えた。腰まわりを隠しているはずの布地を感じられない。ドレスやコルセット、靴下を脱がされていたのはわかっていたが、まさか――。

「ど……して……？」

「ごめんね、準備は怠らない主義なんだ。ずっと一緒にいたんだから、ロージーだってそのくらいわかっているくせに」

この局面にまるで似合わないそよ風を思わせるやわらかな笑みを浮かべ、リオンがかすかに小首を傾《かし》げた。

仕草も声音も優しくて、いつもの兄と変わらないのに、その指先は確実にロージーの核心をあばいていく。開かれた足の付け根を両手で押さえこむと、秘めた合わせ目を見下ろしてリオンは目を細めた。

「おかしいな。まだここにはさわってもいないのに、こんなに感じて待っていてくれたの？」

「な……」

——違う。そんな恥ずかしいことを言わないで。

否定したくとも、ロージー自身が自分の体の変化に気づいてしまっている。首筋を舐められ、胸を愛されるうちに、しとどに媚蜜をあふれさせた無垢な空洞は、せつなる入り口付近までぬかるんでいた。

「も……やめて、おにいさま……」

羞恥の果てに泣きながら懇願する彼女を、リオンが慈愛に満ちた眼差しで見つめる。極上の美貌も、青紫の澄んだ瞳も、何もかもが優美でありながら夜の寝台の上では淫靡さも兼ね備えている。

——こんなおにいさま、わたしは知らない……。

兄としてのリオンは知り尽くしているが、男としての彼はロージーの知るところではなかった。知らないままでいられるはずだった。

「ぼくに達《イ》かされて、はしたなく喘いだら、おにいさまと呼ぶのをやめてくれるかい？試してみる価値はありそうだね」

「や……ッ！」

誰にも触れられたことのない秘めた淫畝を、リオンの親指が左右にぐいっと割り広げる。ひくひくと勝手に蠢く蜜口も、小さく膨らむつぶらな花芽もさらけ出されて——。

「ああ、かわいいよ、ロージー。もう我慢できそうにない。きみを味わわせて」

ぽってりと腫れた慾唇に、リオンがキスを落とす。あられもない部分へのくちづけに、ロージーはもう声も出せず、首を横に振りながらこみ上げる快楽を散らそうとした。

キスするだけでは飽きたらず、リオンが濡れた花芽にちゅ、ちゅぅっと吸いついてくる。快楽の粒をくびりだされると、奥泉はいっそう愛の証蜜を滴《したた》らせた。吸われるたびに媚襞がはしたなく蠢動《しゅんどう》して、自らの動きでロージーはますます感じてしまう。

「ロージーの蜜で、ここも蕩けるみたいに濡れてるよ。なんて愛らしいんだろう。ぷっくり膨らんで、もっとキスしてっておねだりしているみたいだ」

「ち……がぅ……っ」

どんなに声を殺しても。

どんなに感じていないふりをしようとしても。

体は素直に快楽を貪って、心は彼への愛に濡れる。

「ふふ、いつまでも意地を張っていると、ひどい目にあわされてしまうかもしれないよ？」

舌先で弾かれた花芽が、ぷるっと震える。それを見て嬉しそうにリオンが口を開いた。

白い歯の奥に揺れる赤い舌。涙に視界を潤ませながらも、ロージーは彼から目をそらすことができなかった。

「こんなふうに、ね……」

「ぃ……っ……あ、ああッ、やぁぁ……っ」

もっとも敏感な突起にごく軽く歯を立てて、麗しい兄が甘咬みを繰り返す。さらには歯でくびりだしたつぶらな花芽を舌先でつんつんと弄《もてあそ》んでは彼女の反応を確かめている。

「は……、ぁ、ぁ、ダメ……っ、それ……っ、ほんとにダメぇ……！」

白い裸身をくねらせて、ロージーはリオンの前で艶《なま》めかしい姿態を躍らせた。くびれた腰も、細い体に見合わぬ豊かな胸も、全身に汗の玉が浮かんではきらめく。燭台のさやかな明かりが、彼女をいっそう淫らに魅せつけた。

「ふ……っぅ、ぁ、あぁッ……！」

——こんなの、もう堪えられない。

閉じたまぶたの裏側に、白い光がいくつも弾けては消える。初めて与えられた甘く狂おしい刺激に、ロージーの体は行き着く先を見出そうとしていた。

「もぉ……っ……」

体中のいたる箇所から伸びた快楽の糸が、リオンの唇にとらえられた一点に集結していく。高まりながらも目の前の壁を越えられないもどかしさに、濡れに濡れた蜜口がはしたなく開閉を繰り返した。

——おかしくなってしまいたい。もっと狂わせて、おにいさまのことしか考えられなくなるまで、わたしを……。

わななく唇の前で縛られた両手を組み合わせ、ロージーは祈りを捧げるかのように心のなかで懇願する。

だが、祈りはどこにも届かない。

あまりに唐突に、リオンが顔を上げた。

「もうやめてほしいんだね。わかったよ。本当は最後までたっぷり感じさせてあげたかったけれど、そんなに泣いて嫌がるきみを無理やり達《イ》かせるなんてぼくとしても心苦しい」

「……え……?」

とろりと媚蜜に濡れた間《あわい》が、空気に触れてひどく冷たく感じられる。臀部に滴《したた》り敷布まで染みができるほどロージーの体は甘く熟れているというのに、リオンはさっさと寝台から下りてしまった。

「どうしたの? やめてほしかったんでしょう?」

「…………っ」

まだ物欲しげに開いた足がみじめで、ロージーは下唇を噛んで彼に背を向ける。どうせ両手を縛られたままでは着衣を直すことなどできない。ぴったりと閉じた内腿の奥、ぬめりを帯びた濡襞が疼いてせつなる蠕動を続けていた。

――そうよ。兄妹なのにこんなことをするのはおかしいんだから……。やめてもらって感謝すべきなのに、どうしてもっとしてほしいなんて思ってしまうの? わたしは倫理観よりも快楽に溺れるような人間だったの……?

強く指を絡めて組み合わせた両手に額を押しつけ、ロージーは固く目を瞑る。兄と思ってきたリオンに男の欲望を見せつけられたことよりも、彼の前で淫らな姿をさらしてしまったことよりも、自分の意思に反してあの快楽をもっと感じたいと思っていることが屈辱的だった。

愛がなくとも体が反応する程度ならば、人間の生理的な現象として仕方がないと割り切ることもできる。だが、心が求めていたのだ。彼にもっと触れられたいと、彼をもっと感じたいと――。

自分さえだませず、ロージーは悔しさに涙をこぼした。

「――ねえ、ロージー」

嗚咽をこらえて肩を震わせる彼女の、やわらかく波打つ赤い髪をリオンの手が撫でる。

「ここから先は、食事のあとのお楽しみにしよう。今夜からはふたりきりでここで暮らすんだ。きみがぼくを愛してるって認めてくれるまで。それともきみがぼくの子を孕んでくれるまで……かな?」

「い……いやよ、そんなのっ！」

反射的に叫んで、ロージーは首だけを曲げて兄を睨みつけた。リオンは何が嬉しいのか、幸せそうに微笑んでいる。

「そんなワガママを言わないで。ぼくがきみを女にしてあげるからね。まだまだ子どものローズマリー。これから毎晩犯して、ぼくの愛をたっぷり奥まで注いであげる。きみはどんなふうに鳴くんだろう。ああ……、考えるだけで達してしまいそうだよ……」

恍惚とした表情で語る兄を前にして、怯える心と裏腹に濡れた蜜口がはしたなく疼いた。

「おにいさま、お願いだから……」

先ほど中断してくれた兄は、あれですべてをやめたわけではなくまだ続きをするつもりだと言うのだ。妹の純潔を奪い、その体の奥に子種まで注ごうとしている。許されるはずなどありはしない。

「ふふ、かわいいロージー。食事が終わるまで我慢できないのかい？　ずいぶんとほしがりなんだね。だけどそんなに慌てたら駄目だよ。おいしいものは、ゆっくりゆっくり味わわなくちゃ」

拒絶の言葉をあえて曲解して、兄妹の関係を断ち切ろうとするくせに優しい声音でリオンが告げる。

おいしいきみを、ゆっくり味わいたい。

言外にその意味を感じとって、ロージーは首を横に振る。

「そういう意味じゃないわ。わたしは、もうこれ以上あんな恥ずかしいことをされるのはイヤだって言ってるの！」

はしたなく濡れた体を攻めたてられ、リオンの手指や唇で愛撫されるなど二度とごめんだ。そのうえ、子をなすつもりだなどと言われて受け入れられるはずがないではないか。

「ぼくの愛撫で感じてしまうのが、そんなに恥ずかしかったんだね。だったらロージーが自分でして見せてくれる？」

「絶対、いや……っ！」

強い拒絶の声に、リオンはしゅんと肩を落とした。金色の髪が寂しげに揺れる。

「……そんなに、いや？」

ああ、やっとわかってくれた――。

ロージーが頷こうとしたとき、それより早く兄が顔を上げた。

「でも、もう離してあげられないよ。ロージーを奪われたら、正気でなんかいられない。生きていけないんだ。――それともきみは、ぼくが悲しみと嫉妬に引き裂かれて死んでしまってもかまわないの？」

「な……っ、なんで、そんな……」

そんな理由でたったひとりの兄を失うなどもってのほかだ。だからといって、彼の論理に従えばロージーはオリヴァーの求婚を断って、リオンの求めるままに彼のものになる羽目になる。

国王との約束は一ヶ月の間に婚約することであって、兄に抱かれることではなかった。リオンの望むとおりすべてを預けたところで、何も解決しないというのに。

「……そんなことで、死んだりするわけないじゃない」

「わかってないね、ロージー。ぼくはきみのためならなんでもできる。それは、きみを失ったら生きていけないという意味なんだよ」

――これが愛情だというの？　おにいさまにとっては、こんな乱暴で淫らな方法で女性を奪うことが愛だっていうの……？

「ねえ、ロージー。きみは、ぼくに死んでほしいの？」

狡猾な問いかけと、心が壊れてしまいそうなほどに美しい微笑。これはいったいなんの拷問なのか。それとも罰だとでも？

悔しげに唇をへの字にしたロージーが、涙声で「……死んでほしくない」と小さく答えるまでずっと、リオンはひたすら幸せそうに彼女の髪を撫でていた。

「おにいさまが死んでしまうなんて、そんなのいやに決まってるわ……」

「ああ……！　ありがとう、ロージー。きみを泣かせたりして、ぼくはひどい兄だね。だけど大丈夫。きみを泣かせた兄はもういない。ここにいるのは、ロージーを愛するひとりの男だから、どうかリオンと名前で呼んでほしいんだ」

彼の手中で踊らされている気になるのはなぜだろう？

「おにいさまは、わたしの大切なおにいさまなのよ」

「だったら名前で呼んでくれるまで、きみを犯しつづけるしかないということだね。かわいいロージーを泣かせるのは心が痛いけれど、ぼくはもうきみの兄ではないとわかってもらう方法をほかに知らないから……」

「善処……！　し、します……」

「ありがとう、ローズマリー」

麗しの微笑みを浮かべて、リオンは彼女の唇にちゅっとついばむようなキスを落とした。

――もうダメ。頭がおかしくなりそう！

言いたいことを言って寝台から離れていく兄に、ロージーは手元にあった枕を思い切り投げつけた。白いシャツの背中を狙ったはずが、手首を縛られて動きを制限されているせいか、枕はリオンに届かず床に落ちる。

「リ……リオンなんて、大っ嫌いよ！」

精一杯の強がりで叫んだロージーだが、律儀に彼の言葉どおりに名前を口にした。当たり前だ。まだ最後の一線は越えていない。兄が正気を失ったのだとしても、乱れた心が正常に戻る可能性をロージーは手放したくないのだから。

そのためには、彼のいうなりになったふりをするのもひとつの手――いや、唯一の手段だ。

「最後まで感じさせてくれないぼくなんて大嫌い、って意味だと解釈しておくよ。だとしたら、あとで満足させてあげたらきみはぼくのことを大好きになるということだね。ふふ、楽しみだなぁ」

背を向けたままのリオンは、そう言うとひらりと右手を揺らして部屋を出ていく。

あくまで彼は、ロージーの言葉を自分にとって都合よく解釈するのをやめないつもりのようだ。だが、これ以上は阻止しなくては――。

「あっ、手首……っ！　ほどいてから行ってよ、おにぃ……リ、リオン～～っ！」

残されたロージーの悲痛な声が室内に響いたが、彼が戻ってきたのはそれからゆうに三十分はあとのことだった。

† † †

「……これは、いつまで続くの？」

下着姿ではあまりにかわいそうだと、乱れた着衣を直したあとでリオンは肩にガウンを羽織らせてくれた。

公爵である彼自ら、ワゴンを押して食事を運んできてくれた。

あまつさえ、両手を縛られたままでは食べにくいだろうと言って、固辞するロージーを無視して手ずから食事を食べさせてくれた。

唇の端についたソースをひどく淫靡な舌先で舐めてくれた——。

何から何までしてくれる。それが献身的で理想的な恋人だとしても、なんだというのだ。

「そうだね、ロージーが心も体もぼくだけのものになってくれるまでかな」

ナプキンで彼女の口元を甲斐甲斐しく拭い、リオンはにっこりと笑いかける。舐めて清めるのはやめてほしいと懇願したおかげで、少しだけ扱いがマシになった。

夜も更けてきたというのに、ロージーは相変わらず別館二階の寝室に閉じ込められている。両手首を拘束され、まるでリオンのお人形のようにおとなしくしているほかない。

本館の広さや豪華さに比べると、この部屋はまるで秘密の小部屋だ。燭台にともされた明かりが閉ざされた世界を演出し、世界にたったふたり取り残されたように錯覚してしまう。

いっそ、本当にふたりきりの世界に行くことができたなら話は別だが、そんな夢物語のような現実はどこにも転がってなどいない。いつかはこの鳥籠から出ていかねばならないのだからこそ、ロージーは兄を拒む必要があった。

「……わたしたち、そういう関係じゃなかったはずよ」

「これから新しい関係を築いていくために、ぼくたちには準備期間が必要だという意味だね。それには同意するよ。ふたりでゆっくり探っていこう」

使い終えたナプキンを元通りにたたむと、リオンがテーブルの上に並んだ空の食器をワゴンに移動させる。生まれついての貴族であり、そういった雑用をこなしたことなどなかったはずの彼は、さも慣れた手つきで後片付けをこなしてしまう。

領地の管理も、領民への配慮も、年長の貴族たちやあまつさえ国王陛下の心をつかむのも得意で、王立学院にかよっていたころは常に成績優秀者として表彰されていたほどの頭脳を持ち、ピアノもヴァイオリンも乗馬も剣術も得手というのだから彼に死角はない。

——それなのにどうして、血のつながらない妹を監禁する愚挙に……？

望めば国内のどんな美女でもリオンとの縁談を喜びそうなものを、自身の本当の両親も知らないような女を選ぶとは笑い種だ。

こんな行動を知られては、リオンの進退にも関わる。ロージーは何よりそれを恐れていた。

幼い日、自分が公爵家の人間ではないと知って以来、ロージーは家名に泥を塗ることだけはないように心がけてきた。両親亡き今、公爵家の正統な血を引くリオンに迷惑をかけないことだけが彼女の願いになっている。

下着姿で両手を拘束されているとはいえ、本気で逃げようと思えばどうとでもなると知りながら、ロージーはやわらかな檻に留まることを選んだ。リオンが部屋を出ていた間に、別館から出て本館の侍女に助けを求めれば今ごろ状況は違っていただろう。

だが、そんなことをすればどうなるか、考えたくもない。

リオンに恥をかかせ、公爵家の不名誉が使用人たちの口から外部に知られる。亡き父母が墓の下で悲しむような道をロージーは選べなかった。

――でも、このままでいいわけがないわ。おにいさまだって後悔するに違いないんですもの。

小さいころからずっと、ロージーを見守ってきてくれたリオンだからこそ、彼女はまだ信じていたい。すべてが嘘ではなかったと、今の姿が彼の本性ではないのだと――。

「さあ、片付けはこのくらいにしてふたりきりの夜を楽しもう。きみをあまり待たせるのも心苦しいからね」

本館のロージーの寝室に比べても、この部屋はささやかな造りになっている。特別広いわけでもなく、大きめの寝台と必要最低限の丸テーブル、それに誰が使っていたのかロッキングチェアがあるだけだ。

　結果、行儀が悪いとは思いながらもロージーは寝台に腰をおろしたままで食事を与えられるしかなかった。今も同じように座っている。その隣に当たり前のような表情で、リオンが腰かけた。

「夜を楽しむって……。あの、リオン、まずはそろそろこの手首をどうにかしてほしいのだけど……」

　いつまでも不穏な空気に流されてはいられない。大切な兄が心をおかしくしてしまったのならば、妹としてロージーは彼に付き添う心づもりがある。あとになってリオンが少しでも悔やまぬように、そして家族に戻れないとしても笑って別れを告げられるように。

　真紅のリボンで縛られたロージーの手首を恭しく両手で持ち上げて、リオンはやわらかな肌に唇をあてがった。

「どうにかと言われても、ぼくにはよくわからないな。この手首をかわいがってあげればいい？」

「ち、違う！　ぜんぜん違うわ！」

「そう……、残念だね。ぼくにできることは、このリボンをほどくこと以外のすべてだよ、ロージー？」

　しれっと言い切ると、彼はロージーの体を抱き上げようとする。何をされるかわからず、両手を突っ張ってリオンと距離をとろうとしても、彼女の細腕ではしなやかな筋肉に包まれた兄を退けることなどできなかった。

「そんなに暴れないで。何も、今すぐにきみを犯そうとしているわけじゃないんだ。ぼくにだって手順というものがある。きみに心の準備が必要なのと同じようにね」

「そういうことを言うのがイヤなの！」

「え……？　だったら、今すぐにきみを押し倒したほうがいいということ？」

啞然として言葉を探せずにいるロージーの隙をついて、リオンはさっさと彼女の体を抱き上げる。急に視界が高くなったせいで体が強張った。だが、自由に動かせない両手ではリオンにしがみつくこともままならない。

「ああ、これじゃ危ないね。ロージー、手を上げて。ぼくの頭を腕の間にくぐらせるんだ。……うん、そう、じょうずだね」

「……こ、こんなの恥ずかしいわ」

下着姿でリオンの首に両腕を回し、自分から抱きついているとしか思えない体勢になってしまった。

「恥ずかしがるきみを見たいから、ちょうどいいよ」

愛情ゆえの行為だと銘打っているだけで、リオンのしていることは嫌がらせではないかと邪推してしまうほどだ。なぜ愛を語るのと同じ口で、彼女の羞恥心を煽る必要があるのか、ロージーにはリオンの感情が理解できそうにない。

「さて、そろそろ入浴の準備もできたはずだから、一階に下りよう」

「え……？　ここに浴室があるの？」

ロージーは驚いて、薄水色の瞳を瞠る。本館に比べて古い造りのこの建物に、浴室があるとは考えにくい。だが、父が四年前まで使っていたのだから改築していたのだろうか。

「ないよ。だから、浴槽を運んでもらったんだ。メリルも久々に使うって笑っていたよ」

フィアデル王国は水に恵まれているが、だからといってどの家でも浴室が完備できるほど裕福なわけではない。多くの屋敷では、暖炉の前に移動式の浴槽を運び入れ、そこに湯を張って衝立で仕切った中で入浴するものだ。

一般知識として知っていたけれど、ロージー自身は物心ついたときから公爵家の本館に完備された浴室を使用してきている。絨毯を敷いた室内で湯に浸かるというのは、どうにも想像しがたかった。

「で、でも、入浴するならなおのこと、このリボンをほどいてもらわないと困るわ」

「どうして？」

理由など尋ねる必要もなくわかるだろうに、リオンはわざとらしくロージーの瞳を覗きこむ。どうせ彼女が体を洗えないと言えば「ぼくが洗ってあげるから問題ないよ」と宣《のたま》うに決まっているのだ。そのくらい、もうロージーでもわかっている。

彼女は大きな瞳をくるんと揺らし、かわいらしい知恵を絞った。リオンがそのつもりなら、自分も裏をかこうとするくらい許されるだろう。

「だって、このままでは服が脱げないし、着られないもの。両手をくっつけたまま袖を通せる服なんてないでしょう？」

「ああ……、言われてみればそのとおりだね」

うんうんと頷いて、納得する兄の姿に心のなかで両手を打ち合わせる。こうやって、ひとつずつ不自然な点を認識してもらっていけば、リオンも自分のあやまちに気づいてくれるかも――。

「脱がせるぶんには服を切ってしまえばいいけれど、そのあとに全裸で過ごしてもらうしかなくなってしまうみたいだよ」

「……え……」

予想外の切り返しに、ロージーが黙りこむ。しかしリオンは対照的に楽しげな声で話し続けている。いや、楽しげなのではなく、彼はこの境涯を心底楽しんでいるのだろう。

「ぼくはロージーの体を眺められて光栄だけど、まだ寒いから湯冷めしてしまわないよう、たっぷり愛してあげないといけないね。肝に銘じておこう」

青ざめたロージーを抱いたまま、リオンは吹き抜けの階段を下りていく。階下からは、ローズオイルの香りが漂ってきた。

「本気でこのまま入浴するつもりなの？　おにいさま……」

薄衣一枚で異性に抱きつく自分が倫理観を説いたところで、説得力がないことはわかっている。それでも何か言わずにはおれず、ロージーは上目遣いにリオンを見上げた。

「おかしいな。ぼくはもうロージーの兄をやめたはずだよ。それとも、きみはもしかして禁断の関係のほうが興奮しちゃうのかい、淫らでかわいいローズマリー？」

暖炉には火が入り、本館から運び込まれたらしい衝立のかげに、ゆらりと湯気が立ちのぼる浴槽が置かれている。

「……リオン、リオン、リオンリオン！　これでいいかしら。わたしは禁断の関係になんて興味はないし、できることなら結婚するまで清い体でいたいの。心から愛してくれてると言うあなたなら、わたしの気持ちをわかってくれるでしょう？」

自棄《やけ》になって彼の名を呼んでいるうちに、心のどこかが冷静さを取り戻した。こうなれば泣き落としをしかない。優しい兄には、拒絶よりも懇願のほうが効果があるはずだ。

元来、前向きなロージーだが、さすがに兄と慕ってきた男性の狂気を目の当たりにするのは苦しいものがある。

「ふふ、かわいいおねだりだね」

細身のロージーとはいえ、子どものころならいざ知らずこの歳になってリオンに軽々と抱き上げられていると彼の筋力に感服してしまう。

リオンも男性にしては痩身だと思っていたが、密着していると男女はこれほどまでに体つきが違うのだと実感もする。

それから、あとは――。

ごく近くで麗しの笑顔を向けられて、心が躍りだしそうになる自分をロージーは無関係な思考を連ねることでごまかそうとしていた。だが、その程度で彼の引力から逃げられるはずもなかった。

「目が潤んでる。もしかして、ぼくに見惚れてくれているの？」

「……違うわ」

「本当に？　だったら、もっとまっすぐにぼくの目を見て」

「………ち、違うったら！」

否定はできるが、目を合わせるのは極力避けたい。ともすれば、青紫の瞳に心が吸い寄せられてしまいそうになるのだ。自我が揺らぎ、形良い唇にくちづけたくなる。だけどこれはすべて、リオンがうんざりするほどとびきりの美貌を備えているせいだ。そういうことにしておかなくては、ロージーまでおかしくなってしまう。

「――さて、どうしようか。ぼくとしては、ロージーを恥じらわせるのは楽しいけれど、本気で泣かせたいわけではないんだ。できる限り、きみの希望には応えたいと思ってる」

浴槽の横に置かれた長椅子に彼女を下ろし、リオンは優しく話しかける。小さな子に言い聞かせるような物言いは、彼の昔からの癖だった。

「だったら……」

希望にすがろうとしたロージーの前に跪《ひざまず》き、リオンは両手で彼女の腰をつかんだ。

「せっかくぼくが譲歩するんだから、今さら断ったりしないよね？」

極上の笑みを浮かべて、麗しの公爵は歌うように尋ねる。

状況は悪化の一途を辿っているのかもしれない――。

そうと知りながら、勝手に進んだ話を無視することもできず、ロージーは息を詰めてリオンの言葉の続きを待つ。

「きみの純潔云々は置いておくとして」

――それを重視した話題だったのに、なぜ最初に除外したの!?

反論したい気持ちをぐっと堪える。話の腰を折るのは容易いが、リオンの機嫌を損ねたらどうなるかわかったものではない。ならば最後まで聞いてから、得心の行かない部分を話し合えばいいだけだ。

「今、ロージーはぼくに見られて入浴することや、ぼくの手で全身をくまなく洗われることと、それから浴槽の中で恥ずかしい行為をされることを回避したいと思っている――違うかい？」

あえて言葉にされると必要以上に恥ずかしいが、彼の言っている内容は寸分違《たが》わずロージーの心中に合致する。

「……そのとおりよ」

「だったら、目先の問題を解決しよう。まずぼくに見られるのが恥ずかしいなら、何も見えないよう目隠しをする。それからぼくに体を洗われるのが嫌なら、一時的にきみの手首の拘束をほどいて自分で洗えるようにしてあげるよ。これで安心して一緒に入浴できるね」

提案に即答できないのは、彼の言っていることが常軌を逸しているせいだ。決してロージーが愚鈍なわけではない。

なにゆえ自ら目隠しをしたがるのか。

そして、なにゆえ自分で体を洗える状態にしておいてまで、共に入浴する必要があるのか。

――どうしよう。わたしにはおにいさまの考えがまったくわからない！

そこまでしてくれるのならば、いっそ彼が入浴の時間を別室で過ごしてくれればいいだけの話だ。

ただし、それをリオンが理解してくれるかどうかはまた別の問題なのだろう。

――でもここで折れたら、次も言うなりになってしまうわ。なんとかしてわかってもらわなくては……。

「あのね、リオン」

「あ、でもきみに触れるのを禁じるのは諦めて。ぼくはいつだってロージーの体に触れていたくて、甘い声を聞いていたいのだから」

こんなに譲歩してあげたんだから、そのくらいは我慢できるよね――？

美しい青紫の瞳は、雄弁に彼の想いを語っていた。

「それできみは何を言いかけたのかな？　まさか、入浴中はぼくと離れていたいだなんて、そんな話ではないよね？」

人間には諦めが肝心なときがある。

ロージーはただ、微笑むしかなかった。

移動式の浴槽は、輪郭が溶け出しそうな白い石でできている。運び込む使用人たちの労力を考えてか、あまり大きなものではない。せいぜい人間ひとりがゆったりと入るのが限界というところだ。

手首を縛っていたリボンをリオンが鋏で断ち切ってくれたおかげで、今のロージーは自由の身――とは言い切れないが、先ほどまでに比べれば身動きも楽になった。何かあっても、両手で兄を拒むこともできそうだ。それなのに彼女が窮屈そうに身を縮めているのには理由があった。

前述したとおりの一人用の浴槽だというのに、リオンは背後からロージーを抱きかかえて湯に浸かっている。

「ねえ、リオン……。やっぱりこの浴槽にふたりで入るのは無理があると思うの」

背中に兄の裸の胸を感じながら、今にも消え入りそうな声で彼女は非難する。

「さっきも説明したはずだけど、まだわからないのかな。ぼくはきみと離れるつもりはないんだよ。ロージーの希望どおり、目隠しもしたし手首だって自由にしてあげた。これ以上のワガママを言うならぼくにも考えがあるけど……」

目元を黒い布で覆ったリオンが、ゆるく髪を結い上げた後頭部に鼻先をすり寄せた。すん、と香りを嗅ぐような音に、彼女は気恥ずかしくなって体を離そうとした。

「や、やだ！」

「どうして？　ローズオイルの香りがして、とてもリラックスできるのに。きみはぼくの視界を奪っただけでは飽きたらず、嗅覚まで禁じるの？」

浴槽には、少なめに湯が張られている。ふたりで共に入浴することを見越してだとは思いたくないので、床が濡れるのを案じた気遣いのできる侍女のはからいだと信じる。それはまあいい。ロージーの大好きなバラの香りを堪能できるよう、ローズオイルを落としてくれたのも感謝する。まったくもって、公爵家の侍女たちは働き者ばかりだ。

だがそのおかげでリオンは、ロージーの肌に鼻先をつける言い訳まで得ている。これが彼の計画でないことを、ロージーは心から祈ってならない。

「なんて甘やかで心をくすぐる香りだろうね。きみもそう思うでしょう」

「そ……そう、ね……」

肌と肌が狭い浴槽の中で密着しているというのに、バラの香りを楽しむ余裕などあるものか。しかし、それを告げることはロージーが兄であるリオンの体に欲情しているととらえられる危険性をはらんでいる。そうでなくとも彼は、ロージーの必死の訴えをどれもこれも勝手に曲解しているのだ。

「香りだけでこんな気持ちになれるなら、味わってその中まで入り込んだらどうなってしまうのかな」

蜜蜂よろしく、豊かな花弁にその身を委ねたいと願うリオンの恍惚とした声が、なんだか途端に愛らしくなった。こうしていれば、彼は別段危険人物などではない。

「……バラの花にもぐりこむには、リオンは大きすぎるんじゃないかしら」

くすっと笑って体をよじると、背後から彼女の上半身に絡みついてくるリオンの腕に力がこもる。見えないからこそ、彼はロージーをひしと抱きしめていた。

「ふふ、そんなに大きいわけじゃないから心配しなくてもいいよ。だけど最初は痛いかもしれないね。慣れるまで、じっくりじっくり開いていってあげる……」

「な……っ!?」

淫靡な響きを感じさせる声に、齟齬《そご》を覚えてロージーは身を硬くした。そんな彼女にかまうことなく、リオンは小さな耳に唇をつける。やんわりと耳殻を食《は》まれて、首筋までくすぐったさに産毛が逆立つ気がした。

「リ、リオン……？」

「見えないのはもどかしいけれど、きみのかたちを確かめるのは楽しい……かもしれない」

膝を曲げて身をすくめる彼女の二の腕を、そうっとリオンの手が撫でていく。触れるか触れないかの距離が、いっそう感覚を研ぎ澄ます。

「くすぐったいから、ダメ……！」

ぴくん、と腰の奥のあらぬ部分が甘い疼きに収斂《しゅうれん》した。閉じた足の間で、先ほどたっぷり愛された名残がまだぬかるんでいる。

「腕にさわっているだけなのに？　じゃあ、足ならいいかな」

視界を奪われているのはリオンだけなのに、ロージーは彼の感覚を共有したかのような錯覚に陥っていた。

普段ならば目で見て確認できるものを、触覚や嗅覚、聴覚で補う。その結果、リオンの息遣いや指の動きに敏感な反応を示してしまう体を止められない。

「ゃ……ん……っ」

腕から手の甲へ、そしてロージーの手が置かれていた膝の上へと優美な指先が移動していく。ピアノを奏でるごとき指使いで時折濡れた肌を弾いては、リオンが触覚だけでロージーの姿を確認しているのがわかる。

「見えなくても、ロージーが感じてくれている表情が心に浮かぶよ。息があがってるのは、ぼくに触れられているから？　それともお湯でのぼせてしまったのかい？」

「し、知らな……」

膝頭を、大きな手のひらが艶《なま》めかしく撫で回す。感じやすい部位に触れられているわけではないというのに、胸がきゅぅっと締めつけられてせつなさに息が苦しくなる。

倒錯的な行為は、それと知らないロージーにさえおかしな感覚をもたらして――。

「……は……ん……っ」

子どもをあやすような優しい手、うっとりと酔いしれたくなるほどなめらかな動き、ただそれだけの行為が引き出す反応が、ロージーを困惑させていた。

兄と妹であろうとしながら、それ以上の関係で得られる快楽をリオンの指が弾きだす。

キスでなくとも、愛撫でなくとも、彼はいつだって自分を思うままに操れることを証明しているようだ。

「おかしいな。ここは膝で間違いない？　こんなところをさわられても、きみがいやらしい吐息を聞かせてくれるなんて、ぼくは知らなかった」

「……ち、ちが……っ、これは……お湯が熱いから……」

語尾にいくにつれて、ロージーの声は小さく消えていった。

――わたし、感じてる。おにいさまの指で、素肌を撫でられるだけで……。

強引に唇で愛されるのとは違い、あえかな刺激を繰り返すもどかしいほどの指先は、強い熱ではなく揺らぐ陽炎のような悦《よろこ》びを教えこんでくる。

ただそれだけで、愛らしい花びらが蜜にぬかるんでしまう。湯よりも熱く、甘い泉が腰の奥に存在しているのを否が応でも自覚させられた。

「は……、そんなかわいい声を出されるとね、ぼくも感じてしまうんだよ？」

「きゃっ⁉」

それまで壊れ物に触れるように慎重だったリオンの手が、軽く力を込めてロージーの体を引き寄せる。後ろから抱きしめられると、腰に何か硬く熱い存在が当たっている。肩口に顎をつけたリオンがせつなげに吐息をこぼすのに合わせて、熱塊はひくっと先端を震わせた。

「ねえ、わかる？　きみと同じでぼくも興奮してるんだ。苦しいよ、ロージー……」

甘やかな声で言いながら、リオンがゆるりと腰を揺らした。やわらかな臀部に灼熱が擦りつけられ、怯えたロージーが浴槽の縁《ふち》に手をかけて体を離そうとした瞬間、無防備な胸の膨らみを両手で包み込まれる。

「やぁ……っ……」

「ぼくが見えていないのをいいことに、逃げようなんていけない子だね。このまま貫いてもいいんだよ。わかっているの？　今、きみは男と裸で浴槽の中にいる。愛されても犯されても、文句なんか言えないんだ」

共に入浴することを強要したその口で、なんと自分勝手な理屈をこねるのか。だが、実際にリオンの言うとおりだ。この状況にいるふたりを目撃したならば、誰もが淫蕩《いんとう》な時間を過ごしていると思うに違いない。

「それは……」

「ふふ、怖い？　ひどいことをしたくなるぼくを嫌いになる？　だけど知ってるよ。かわいいロージー、きみはぼくを嫌ったりしない。それどころか、ぼくのお願いを聞いてくれる。——そうだね？」

ふっくらとやわらかな胸を揉みしだき、淫らなかたちに歪ませながらリオンは薄い肩に噛みついた。

「い、痛……っ」

裾野から双丘を手のひらで持ち上げ、親指と人差し指がツンと凝ったいたいけな突起をつまみあげる。指の腹で挟まれて、乳首がいっそう硬くなってしまうのが自分でもわかった。

「ああ……。恥じらいながらも感じてるきみの乳首、見たくて気が狂いそうだよ……」

　恥ずかしくて泣き出しそうなのに、リオンのせつなげな声を聞くと、あらぬ部分がきゅうっとすぼまる。蜜口から空洞の最奥へかけて、みだりがましい蠢動でロージー自身を高ぶらせる体が恨めしい。

「きみの体はどこもかしこもやわらかいのに、ここだけひどく硬くなってる。緊張してるのかな。ぼくがたっぷりほぐしてあげるからね」

「やぁ……っ！　リオン、違うの、違うからぁ……っ」

「違わない。はしたないくらい、尖っているんでしょう？　見えなくてもロージーが感じてるのは隠せないよ」

　痛いくらいに敏感な突起を、有無を言わせずにリオンが指でこりこりと擦りはじめた。左右どちらも同時に刺激を与えられて、ロージーは白い喉をわななかせる。

「ゃ……、しないで……ぇ……っ」

　湯の水面が波打ち、ぱしゃりと水滴が跳ねた。触れられているのは胸なのに、あられもない快感を教えこまれた足の間が疼く。指できゅっと乳首を引っ張られると、亀裂の先端に息づくいとけない花芽も震えてしまう。

「あぅ……、ぅ……っ……あぁ！　ダメ、リオン、ダメなの……」

いやいやと子どものように首を横に振るけれど、目隠しをしている彼にはそれすら見えない。見えていたところでやめてくれないと知りながら、ロージーはそれでもこみ上げる悦楽を逃《のが》そうと体を揺らした。

「どんどん硬く凝ってくるね。指じゃ足りないのかな。ロージー、こっちを向いてごらん」

言うが早いか、彼は両脇に手を差し込んでロージーの体を抱き上げ、軽々と反転させる。その拍子に、彼女のやわらかな胸がリオンの顔をかすめた。

「なんだかおいしそうな香りがするよ。これはなんていう果実？」

目隠しをしたまま、彼が唇だけで乳首の位置を探り当てる。見つけ出した愛らしい突起を、リオンは形良い唇で音を立てて吸った。

「ひ……ぁ……ッ！」

――ダメ、ダメなのに、どんどんあふれてきちゃう……！

せめて少しでも体を離そうと、ロージーが必死に腰を引く。リオンの口元から胸の先端が自由になった途端、彼は再度むしゃぶりついてきた。それまでよりも激しく、乳暈をすべて口に含まれて、ロージーは狂おしい快楽に嬌声をあげた。

「なんてかわいいんだ、ぼくのロージー。それにきみの乳首はとても甘くておいしいよ。もっともっと、ぼくに味わわせて……」

「リオ……ン……っ、や、ぁ……、ぁぁ、あ……っ」

突起の側面を、ざらつく舌が擦りあげる。

何者の侵入も許したことのない処女《おとめ》の無垢な空洞が打ち震え、まだ知らぬリオンの楔を想って収斂するのを止められない。最奥付近が痛い。感じすぎて、もどかしすぎて、痛い――。

「足の位置が悪いな。うん……、そう、ぼくを跨いで。できるよね？　できないなら、もっとひどいことをされても知らないけど」

「できる、できるから……、お願い、これ以上……」

望まれるまま、リオンの太腿を跨いで膝立ちする。翻弄されているのは体の感覚だけではなく、心も同様なのだと思い知らされた。

甘い声と淫らな指先、優しい命令と狼狽を誘う想像で、リオンは自分を意のままにしている。

「ふふ、今にも泣きそうな声だ。泣いたら許してもらえるかもしれないね。だってぼくは、かわいいロージーの涙なんて見たくないから。でも同時に、きみの泣き声でひどく欲情するのも忘れないで」

愛しているとささやくときと同じくらいに温和な声で、なんと残酷な事実をつきつけるひとだろう。

ロージーは無言のまま、二度三度と首を縦に振った。直後、それが今のリオンには見えないことを思い出す。だが、気づくのが少し遅かった。

「返事がないのは、もっとひどくしてほしいっていう意味？」

「違うわ！」

「さあ、どうだろう。ぼくにはきみが見えない。だから今は――」

――その体に聞くしかないよ。

熱情にかすれた声が、ロージーの肌を舐める。リオンの肩に両手をのせて、彼女は涙目で唇を噛んだ。

開いた足の間に、暴力的なほど屹立した楔が存在を主張している。少しでも腰を落とせば、互いのせつなる部分が触れ合ってしまいそうな近い距離。

リオンは唇にうっすらと笑みを浮かべて、彼女の細腰を左右からつかんだ。

「……ま、待って、リオン、それだけは……」

もう兄妹には戻れないかもしれない。

だが、彼を完全に受け入れてしまっていいはずがないのだ。脈の浮いた雄槍が湯に揺らぎながらもロージーを求め、切っ先ははち切れんばかりに張り詰めている。

――怖い。こんな……欲望の塊を突き刺されるなんて、怖くて耐えられない……！

勝ち気な薄水色の瞳が、涙でにじむ。しゃくりあげそうになるのを唇を結んで堪えても、胸に広がる恐怖からは逃げられなかった。

「震えてる……。怖がらなくていいよ、ロージー。ぼくはどんなことがあっても、きみを壊したりしない。こんなに愛しい子を痛めつけるなんて、できるわけがないんだから」

言葉とは裏腹に、彼の両腕がゆっくりとロージーの腰を自分の昂《たか》ぶりに向けて引き下ろす。

「や……っ……！」

「ほら、そんなに暴れないで。いい子にしていないと、間違って突き入れてしまうかもしれないよ」

彼の先端が淫靡な合わせ目に触れた瞬間、ふたりの体は同時にびくんと震えた。たったそれだけで、体中が痺れる。

「今はまだ我慢するから、その代わり、きみのやわらかなところでぼくを擦って。できるかい……？」

「……で、できな……」

「できるよね。もっと開いてあげる。快楽の扉を」

腰を押さえつけていた手の片方が、そろりと腹部へ這ってきた。そして平らなおなかを撫でてから、足の付け根を指でつつく。しばらく周辺を確認していたが、リオンはふぅっと息をひとつ吐いて、媚蜜に濡れた淫畝を二本の指で左右に押し広げた。

「……っ……！」

粘膜に湯がしみるほど、自分の体が反応していたことを改めて知らされて、ロージーはますます頬を赤く染める。その表情を見られずにすんでいることだけが唯一の救いだ。

——どうしよう、こんなに……。

寝台の上で触れられてから、ずっと腰の奥に熱がともったままだった。濡れに濡れた淫襞を伝って、押し広げられた蜜口から媚液がとろりとあふれだす。

「ほら、ここ」

柔肉を割った中心で、ぽちりと尖る花芽を下から押し上げるように切っ先があてがわれた。

「ここを擦ると、ロージーも気持ちいいからね。じょうずに腰を振るんだよ」

ぐっと腰が落とされる。同時にリオンが腰を突き出して、甘く腫れた媚肉が愛慾の逞しい男性部分を左右からぴったりと包み込んだ。

浮き出た脈さえ感じられる気がして、ロージーは目を閉じる。視界を遮断したところで、これからしようとしている行為が見逃されるわけではなくて。

「……こう?」

ぎこちなく体を揺らしたが、上半身がわずかに傾《かし》いだだけで互いの欲望は密着したままだった。

「ふふ、ずいぶんかわいらしい動きだね。だけど、もっと腰を振ってほしいな。はしたなく乱れて、ぼくを誘って……?」

「そ、そんなこと言われたって、わからないんだもの……」

体は疼いているものの、経験のないロージーにはどうすれば彼が満足してくれるか見当もつかない。いっそ理性などかなぐり捨てて、欲望のままに振る舞うことができればいいのだろうか。頭で考えるよりも、体の求めるとおりに動けば——。

もどかしいくらい、媚襞がひりついていた。

おかしくなってしまいそうなほどに感じているのに、この衝動をどうすればおさめられるのかがわからない。

感極まったロージーは、薄水色の瞳に涙をにじませて小さくしゃくりあげる。その気配に気づいたのか、リオンは優しく彼女の頭を撫でた。

「こら、泣かないの。大丈夫、ぼくが教えてあげるからね。いいかい？　腰をね、こうやって揺らすんだよ……」

あたたかな手を添えて、リオンが湯の中で彼女の下半身を突き出させる。すると、張り出した切っ先のくびれが弾くように花芽と擦れた。

「ぁ……っ……！」

彼の肩に置いた手が、爪を立てて肌に食い込む。力を抜こうとしてもうまく指が制御できなくなってしまう。

「それから、こう……。わかる？」

今度は腰を後ろに押しやられる。慾槍の根本付近にあたっていた蜜口が、擦れあった瞬間にしとどに媚液をあふれさせた。

「これを繰り返して、ぼくを気持ちよくしてほしいんだ」

「……はい、おにいさま……」

もう逃げられない――。

そう思った瞬間、ロージーは名前で呼ぶようにと言われていたことも忘れて、兄の首にぎゅっとしがみついた。

密着した下腹部の内側に、止めようがない愛が滾《たぎ》っている。この熱を散らせるのは、リオンしかいない。そして彼の劣情を慰められるのは自分だけなのだと、彼女は素直に感じていた。

リオンに強制されたからではない。

――わたしが、おにいさまを感じたいから。

ただの欲望でしかないのだとしても、今だけは互いの温度を分けあえる。何より、媚蜜を滴《したた》らせる自分が求めているのだ。甘濡れの粘膜がきゅぅっとせつなく蠢いて、ロージーを突き動かす。

「……は……っ」

膝に力を入れて腰を前後に揺すると、粘着質の蜜に濡れた蕩唇が精悍な雄茎と擦れて、頭のてっぺんまで経験したことのない快感が突き抜けた。

――なに……これ……?

その刺激を追い求めるように、ロージーの心の防波堤が崩壊していく。理性は端から瓦解し、本能のままに腰が動き出した。

「ああ……、ロージー、いいよ。すごくきみを感じる……」

「ん、ん……っ、リオ……ン……!」

おそるおそるだった動きが、なめらかになっていく。速度を上げて、意図せずとも勝手に腰が揺らいでしまう。

「ダメ……、力、はいらな……ぁ、あぁッ……」

上半身がリオンにしなだれかかる。彼は優しく抱きとめてくれた。

「いいよ。こうしてぼくにしがみついて。ああ、きみの蜜が絡みついてすごいよ……。お湯の中でもわかるほど、あふれているんだね」

耳元でささやく声が、ロージーの鼓膜を揺らして心の奥まで沁み込む。優しく甘くせつない声音に、擦れあう部分がいっそう熱を上げた。

「言わな……で、そんな恥ずかし……！」

「どうして？　感じてくれて嬉しいんだよ。心を解放するのが難しいなら、最初は体だけでかまわない。ロージー、もっとぼくを感じてごらん」

水面が絶え間なく波を描く。

ぱしゃぱしゃと音を立てて、浴槽の中に閉じ込められた愛欲の行為は繰り返される。

――体だけ……？

閉じたまぶたの裏側で光の洪水が押し寄せてくるのを感じながら、ロージーは涙声を漏らす。水音とは別に、体の内側を伝って互いの儚い粘膜が擦れる音がする。

激しく腰を揺らしているのはこのわたし。

兄として育った男性を跨いで、自ら快感を貪っているだなんて――。

「ぁ、ぁ……っ、あ、ダメ……っ！」

禁じられた悦楽を共有しながらも、ロージーはリオンの言った言葉を反芻していた。

心を解放するとはどういうことだろうか。こんなにも彼を感じてしまっている今、唇は欲望の吐息に濡れ、胸のうちにこみ上げる快楽を嬌声に変えてあふれさせている。こんなにもすべてを明らかにしてしまっているというのに、リオンはもっと先の何かを求めているの……？

「……っく、ロージー……、いいよ、そのまま……！」

「ひ……っ……、あ、やだ……っ、動かな……いで……っ」

きつく抱きしめられて、豊満な胸の間にリオンのすっとした鼻梁が埋まっている。薄く目を開けると、白い膨らみから覗く、黒い布で視界を覆われた美しい兄の姿が薄水色の瞳に焼きついた。

――もうダメ……！　こんなの、どうにかなってしまいそう……。

爆発しそうなほどに昂ぶる灼熱が、いとけなく充血した花芽を擦りたてる。同時にロージーの媚畝が彼の楔を扱いては、その興奮の果てへ誘《いざな》おうとする。

「ゃ……っ……！　ヘンになっちゃ……ぅ……」

小刻みに揺らす腰の奥、慾熱で密着した部分とは異なる空洞がきゅうぅっと狭道を蠢動させた。深奥に痛いほどの快楽が積み重なる。

「そういうときはね、……は……っ、達《イ》くって、言って……？」

心まで濡らすリオンの声に、逆らうことができない。本能のまま、彼女は唇をわななかせる。

「イ……っちゃう……、リオン……っ、も、ダメ……、あ、ぁあ、ぁ、んん――……っ」

頭のてっぺんから見えざる手で、体中の快楽を束ねた糸が引き抜かれるような錯覚を覚えて、ロージーはびくびくと白い背をそらした。

「ぼくも限界……、……ぅ……ッ」

媚蜜にぬかるんだ間《あわい》で、リオンの劣情が迸《ほとばし》る。ぬるくなってきた湯よりも熱い白濁の精が飛沫《しぶき》を上げて、達したばかりの花芽に襲いかかった。

「あ、あッ、やぁぁ……っ、ぁ……!」

愛の呪いで世界を拒み、ふたりきりの鳥篭に羽を寄せ合うようにして、リオンとロージーは強く強く互いの体を抱きしめあう。

兄と妹だった懐かしい日々を快楽の踏み台にした罪悪感から目をそらし、禁断の甘い果実をわかちあう夜の果て。

そこには何があるの？

そこには、何もないの――。

第二章　抜けない棘で貫いて

「ずっと一緒にいるよ。だってきみはぼくのお嫁さんになるんだから……」

ブリジットに真実を告げられ、絶望にうつむいたあの日、兄はそう言ってロージーの頭を撫でた。泣きじゃくる妹を慰めるために言った戯言だったのかもしれない。

——優しい思い出を淫らな快楽で塗りつぶした、今。

兄妹にもなれず、家族でもいられなくなり、無論公爵という立場にあるリオンの妻になる気も毛頭ない。

公爵家で育ったロージーだからこそ、貴族の結婚がどれほど家の繁栄につながるかは知っている。しっかりした後ろ盾のある花嫁をもらうことは、その男性の社会的地位を誇示するためでもある。

まだ自分が両親の娘だと信じて疑わなかったころ、ロージーはリオンにほのかな恋心を抱いていた。兄と妹は結婚できないと知って、ひどく悲しんだのを忘れられない。だが、ブリジットの残酷な仕打ちにより自分が養女と知ってからは、決して兄に想いを寄せたりしないと心に誓った。

すべては、自分を大切に慈しんでくれた両親と兄と家名のために。

真実は闇の中にあるからこそ、その小さな光を輝かせる。だが、光があれば誰かに気づかれてしまう。永遠に封じ込めなければならない愛情を、どうしたら汚すことなく隠しておけるか。

幼いロージーの出した結論は――。


眩しさに、彼女は両腕で目元を覆った。

侍女の誰かが気を利かせてカーテンを開けてくれたのかもしれない。そう思いながら、上掛けの中にもぐりこむ。

バラの世話をしなくては。今日は何日？　昨晩、メリルに朝の薔薇園の水やりを頼んでおいたかどうかが定かではない。

――なんだか、ぼうっとする。

自分の存在すら曖昧になって、敷布に溶けてしまいそうだ。ロージーは軽く腕を伸ばして、体を目覚めさせようとした。

指先が、あたたかな何かに触れる。なめらかなそれは、手を動かしてもまだ続く。これはなんだろう。寝台にこんなものがあっただろうか。寝ぼけた頭は、指が確かめている存在をうまく認識できなくて。

「……こら、くすぐったいよ」

彼の声に、唐突に現実が舞い降りる。

自分が触れていたぬくもりが、リオンの素肌だと知ったロージーは慌てて手を引っ込めた。

「ご、ごめんなさい。ちょっと寝ぼけていたの」

上掛けを避けて顔を出すと、隣には兄――だった男性が横たわっている。上半身は何も身につけておらず、すべらかな肌の上を朝陽がやわらかに照らしていた。

「きみに触れられるのは嫌いじゃないよ。どうせなら、もっと下までさわってみる?」

ぎょっとしたロージーは、ふるふると首を横に振る。長い赤毛が敷布に躍っているのを見て、リオンが幸せそうに微笑んだ。

「あんなことをしたというのに、ロージーは他人行儀なんだね。ぼくのすべてはきみに捧げるつもりだから、好きにさわってくれてもいいんだよ。さわるだけじゃ物足りないなら、もっと……」

「おはようございます、おにいさま。今日はずいぶんと天気がいいわね」

朝っぱらから何を言い出すつもりかと、ロージーは急いで彼の言葉を遮った。

いつでも穏やかで、誰に対しても礼儀正しく誠実で、優しい笑顔が印象的なリオン・アディンセル。その表層はたしかに以前と同じだけど、内に秘めた何かが違っている。思えば舞踏会の夜、偶然キスしてしまったあたりから兄の態度は変わってきていたのではないだろうか。

——まあ、ここまで露骨ではなかった気がするけれど……。

彼の発言を強引に遮ったのが気に入らないのか、リオンは黙ってロージーを見つめている。なんのことはない沈黙だというのに、やけに心がはやる。昨晩、あんなことがあったのだから当然といえば当然なのかもしれない。

「知らなかったよ」

「え？」

一呼吸おいて、リオンがふわりと甘くやわらかな笑みを浮かべた。その笑顔ひとつで世界を変えてしまうほどの威力を備えた、心を躍らせる表情——と以前は思っていたが、今は何やら不穏な気配を感じる。

「きみはあんな淫らな姿をさらした挙げ句、その後処理もすべてさせておいて、今もまだぼくを兄と思っているんだね。それとも、兄にだからこそ感じてしまうのかな。ロージーがそういう嗜好だというのなら、ぼくも協力できるように……」

「ま、待って！　違うの、寝起きでちょっと間違えただけなのよ、リ、リ、リオン！」

朝陽を浴びた金色の髪はきらきらと美しく輝いているのに、青紫色の麗しい瞳は常にもまして彼の美貌を引き立てているのに、その形良い唇だけがみだりがましい言葉を紡ぎだす。

「ね、リオン。これからは間違えないように気をつけるから……！」

両手を組んで懇願するロージーを見つめる彼が、ふぅっと息を吐いて困ったなと言いたげに目を細めた。

同時に、組んだ両手がまたしても手首の部分で拘束されているのを知って、ロージーは自分の体を検《あらた》める。

昨晩、入浴前に束縛は断ち切ってもらったはずだった。それというのも衣服の着脱を妨げるというのが大きな理由で。

快楽の果てに意識を失ったところまでは、ロージーもかろうじて覚えていた。だがその後、どうなったのか。いや、どうされたのかと言うのが正しい。

かすかな不安を感じながら確認した彼女の体は、薄手のやわらかな素材のナイトドレスを身につけている。先ほどのリオンの言葉を信じれば、あのあと彼が着替えさせてくれたのかもしれない。

「ふふ、きみは本当にくるくると表情が変わる。見ているだけで、心の動きが手に取るように伝わってくるよ」

本当に心が伝わっているとしたら、まずはこの手首の拘束をどうにかしてもらいたいものだ。

「こんなことをして、リオンはいったいどうしたいの？　昨晩もきちんと確認しないまま、流されてしまったけれど……」

オリヴァーの出した条件を満たすために必要なのは、少なくとも兄との愛の交歓ではない。それをどこで道を間違ってしまったのか、最愛の兄と同じ寝台で目を覚ます朝。ロージーには、事態をどのように収拾すればいいのかわからなくなっていた。

「何も心配しなくていいんだ。ロージーのことは、ぼくが守ってあげるから」

「……そういう問題じゃなくて！　わたしにもわかるように話をしてもらいたいの！」

優しい声音にそそのかされ、彼のすることを見逃してしまいたくなる。そんな気持ちをぐっとこらえると、ロージーは心を振り絞って訴える。

「……それなら、誓ってほしい」

長い金色の睫毛をふせたリオンが、両手でロージーの手を包み込んだ。彼の手のひらから伝わってくるぬくもりに、胸の奥で甘やかな想いがじわりと広がる。

こんな感覚は間違いだと、誰か言ってほしい。心が少し軌道からずれているだけで、ふたりはただの兄と妹なのだと――。

「ロージーの純潔はぼくだけのもので、ぼく以外の男には捧げないって。純潔だけじゃなく、今後ずっとぼくだけのものでいてくれると、誓ってくれる」

胸を締めつけるせつない吐息混じりの声で、リオンは静かにささやいた。憂いを含んだ表情も、どこか痛みをこらえるような声音も、思わず内容を確かめないまま頷いてしまいたくなるけれど、事はそう単純ではない。

「そ、それって……？」

純潔を捧げ、さらにその後もずっとリオンのものでいつづけるだなんて、やすやすと誓いを立てられるわけがないだろう。実際、ふたりに血縁関係がなくとも、親族や周囲の貴族たち、屋敷で働く使用人たちの誰もがリオンとロージーを兄妹として扱っている。当人同士もそうやって振る舞ってきた。それを突然、今日から彼の愛人としか言い表せない立場に身をやつせだなんて残酷すぎる。リオンは本気なのだろうか。

あるいは——。

今まで公爵家で何不自由なく暮らしてきた代償としてロージーがその身を差し出せば、国王との縁談を回避させてくれるとでも？

その場合、彼女と偽装婚約してくれる相手が必要だが、リオンが頼めば一も二もなく引き受けてくれる男性が現れそうなものだ。バークストン公爵という名だけではなく、リオン・アディンセルという人物は男女の別なく誰からも愛されている。彼の力になりたいと純粋に思う者、彼に貸しを作って今後の関係を築きたい者、彼の持つ力にあやかりたいと願う者——リオンに群がる人間は掃いて捨てるほどいるに違いない。

実際にロージーを結婚させるわけでなく、偽装婚約のあとに婚約破棄するのであれば、リオンがその手で彼女の純潔を奪ったところで問題にならないだろう。

——いいえ、問題がないわけじゃないわ。わたしの気持ちは？　わたしの未来をどうするつもりなのよ。

考えるほどに、兄が描こうとしている設計図の全体像がぼやけていく。所詮、自分ごときにリオンの考えがわかるはずもないのだから、素直に教えてほしいと言えばいい。昨日から翻弄されっぱなしのせいで、彼に対して素直になれなくなっているとはいえ、もとよりふたりは仲の良い兄妹だった。腹を割って話し合えば、きっと解決できるはずだ。

「リオンは、その……わたしを手に入れて満足したら、誰かと偽装婚約させようと考えているのかもしれないけれど、それはあまり得策ではないと思うの。もちろん、公爵家の血を引かないわたしが陛下と結婚するのを阻止しようとする気持ちはわかるわ。でも、今の案は……」

　頭のなかで組み立てた論理を、できる範囲で丁寧に伝えようとしているのに、一言《ひとこと》ごとに目の前でリオンの表情が曇っていく。

「話を遮って悪いのだけど、ちょっとよくわからないんだ。きみの考えによると、ぼくはきみのために婚約者を見繕うことになるのかい？」

「えっ、だって、陛下の件に関しては何も心配することないって言ってくれたでしょ？」

　つまり、縁談を白紙に戻すための偽装婚約を準備してくれるという意味ではなかったのだろうか。

「うん、何も心配しなくていいよ。だけど、それはきみを誰かと婚約させるという意味ではないからね」

　はあ、と大きくため息をついて、リオンが枕に肘をつく。しなやかな上半身を起こすと、彼は寝台の頭にある飾り板に背を預けた。

「……誰かじゃなく、ぼくと婚約してもらいたいんだけど」

なるほど、そういう意味だったのか。それならば相手を見繕う手間もいらないし、オリヴァーとて文句は言えな……。

「え、え……、えぇ……っ!?」

納得しかけた自分の愚かさを嘆く暇もなく、ロージーは悲鳴のような声をあげた。

——だって、それこそありえないじゃない！　わたしが養女だと公表したところで、両親もすでに亡くなっているのに、誰が証明してくれるの？

「そんなに驚かれると、心が痛いよ。ロージーもわかってくれているんだと思っていたんだけどな。そうじゃなければ、ぼくに身を委ねるはずもないし……」

「だ、だって、あの、そういうことじゃなくて、えっと……」

良家の子女としては夫となる男性以外に身を許すなどもってのほかであり、その点を突き詰めればリオンの言うとおり彼と婚約するつもりでもなければ、本来は昨晩のような淫らな愛撫を受け入れるなどありえない。

ただし、そこにはロージーなりに口に出せない思惑があるのだが、それを明らかにすることも不可能だ。

兄に対して、以前からほのかな想いを抱いていたと。それを心の奥に秘めて、彼の隣にいたのだと……。

言えるわけがなかった。そんなことを言えば、何もかもが崩れてしまう。

彼は決して手を伸ばしてはいけない、極上の薔薇の花。触れれば指先は棘で傷つき、かといって薔薇の棘を奪うことはロージーにはできそうにないのだから。

「じゃあ、どういうこと？　ロージーは、ぼくがなんの約束もなしにきみを抱いて、孕ませるような男だと思っていたのかい？　もしそうだとしたら、そっちのほうが悲しいよ」

心底寂しげに肩を落とすリオンを見ていると、何もかも彼の望むままに叶えてあげたい衝動が胸にこみ上げる。うんざりするほど、彼は人の心に入り込むのがうまい。無論、それは計算してのことではないと知っている。だが、誰もがリオンの願いを叶えたいと思ってしまうほど、彼の存在は他者に大きな影響を与えるのだ。

「おにい……、リ、リオンがそんなひとだなんて、思ったことはないわ。ただ……わたしは、本当は公爵家の娘でもないのだし、じゅ……純潔をどうこうというのは冗談……ということで……」

自分の言っていることが苦しまぎれの言い訳だと知らないわけではないが、すでに動揺のあまりロージーは冷静に物事を考える能力も失ってしまっていた。

「ふ、ふふ……っ」

それまでいたって神妙に、かつ悲しげな表情を浮かべていたリオンが、突然こらえきれないとでも言いたげに肩を震わせて笑いはじめる。さて、いったいこれはどういうことなのか……。

「ごめん、ごめんね。真剣に悩んでるきみがかわいくて、つい意地悪をしてしまったんだ。

ロージーがそんなことを思っていないのは、ぼくだってわかっているのにね」

「えっと……？」

いっそう、リオンというひとがわからなくなりそうだ。今までロージーが見てきた兄としての顔とは違う、その裏に隠れた見知らぬ男の彼が垣間見えるたび、心がひくりと震える。

もっと知りたい。すべてを見せて。

だけど、知るのが怖い。妹としてならば愛してもらえる安寧に甘えていられたのに、そうでなくなってしまえば自分にはリオンを惹きつける魅力などないのだから。

「でも、きみも悪いんだよ。無自覚なところがかわいいとは言ったけれど、そろそろわかってほしいな」

「わたし、別に無自覚なんかじゃないわ。リオンが思うほど子どもでもないのよ？」

唇を尖らせて、彼女は言葉と裏腹に子どもっぽく頬を膨らませた。リオンが笑ってくれたらいいのに。そんな気持ちがあったのは否めない。

しかし彼は、ロージーの唇にちょんと人差し指で触れると悲しげに、そして誰よりも優しく目を細めた。

「ねえ、ロージー、ぼくはきみを愛してるんだ。妹としてじゃない。ひとりの女性として、心からきみを想ってる」

愛シテル。

妹としてならば、何度も聞いた言葉だった。彼の妹でいるためだけに、必死で何も知らないふりをしてきたし、自分の心さえも押し殺した。

けれど、今――。

「世界できみだけが、ぼくの望みなんだよ。お願いだから、ほかの男のものになろうとしないで。ぼくの愛するひと……」

リオンの手がそっと頬に触れた。指先が耳朶まで届き、手のひらが頬にぴったりと寄り添う。

淫らな愛に惑う夜よりもせつなく。

真実を知る以前の純粋さよりも無邪気に。

――わたしは、もうこの想いを隠さなくてもいいの……？

胸にこみ上げる愛しさで、ロージーは声も出せなかった。ひたすらに彼への想いだけが湧き上がる。心臓が血液を送り出すたび、その音が彼の告白に応じて愛シテル、愛シテルと言っているように聞こえてくる。一秒ごとに愛を語って、それを追いかけるように自分を打ち消した昨日までのわたし――。

「ねえ、何か言って。きみの声を聞いていないと、ぼくは息もできない」

恋する瞳を潤ませて、リオンが懇願する。

そんなふうに弱そうに微笑む彼を、今まで見たことがあっただろうか。

「あの、い……いつから……？」

嬉しくてたまらない。それと同時に、彼のそばにいてはいけないのだと強く実感する。リオンがこんなときに冗談を言うひとでないと熟知しているからこそ、彼の想いを受け入れて楽な道に進むことがどれほど罪深いかをロージーは知っていた。

知っているのに、確かめずにはいられない。

彼の愛を。

彼の真実を。

そして、そんなリオンを愛している自分自身を。

「いつからなんて、難しいことを訊《き》くんだね。気づいたらきみしか見ていなかったよ。素直で意地っ張りで、がんばりやなロージー、きみを好きになるのは呼吸と同じくらい、ぼくにとって自然なことだったんだ」

――だから、誓って。

彼は天鵝絨《ベルベット》のように――いや、それよりもっとなめらかに心を包み込む甘やかな声で、約束をねだる。

けれど、ここで折れてはいられない。リオンが彼女を想ってくれるのと同様に、ロージーも心から彼を想ってきた。そう、奇しくも彼が語ったのと同じで、気づけばリオン以外見えていなかった。いつから好きになったのかなど、時期を限定することはできない。

ただ、彼がいてくれるだけで幸せで、彼が笑ってくれるだけで泣きたくなる。だからこそ――。

「誓えない……」

「どうして？」

「だって、わたしたち兄妹なのよ。呼び方を変えたって、リオンがわたしのおにいさまだということは変わらないんだもの」

嘘をつくのは苦手だった。すぐにうろたえて、隠しごともうまくできない。だが、自分の出生にまつわる秘密を知ってしまったときから、ロージーは幾度となく自らさえもだましてきた。本音を口にすれば、誰かを傷つけてしまう。自分のための嘘は今もつけそうにないけれど、愛するひとを守るためならば地獄に落ちることも厭《いと》わない。

──あなたのことが好きだからこそ、わたしは嘘をつくしかないの。

こんな感情はただの自己陶酔だと、ロージーもわかっている。けれどどんな名前をつけたところで、ナルシスティックに自らを律する以外、愛する術《すべ》を知らなくて。

「まだそんなことを言っているの？　昨晩のあれじゃ手ぬるかったということかな。だったら、朝の光のなかできみを抱くのも悪くない」

頬に触れていた手が、ゆっくりと首筋を辿る。ロージーは体をよじって優しい指先から逃れようとしたが、リオンはもう一方の手で彼女の肩を寝台に押しつけた。

「リオン、待って……！　わたしの話を……」

「聞かないよ。今すぐきみを奪ってあげる。そうしたら、真面目なロージーはぼくから逃げられない理由ができるでしょう？」

至極当然と言いたげに、彼は薄水色の瞳を覗きこむ。

たとえ体を重ねても、何度愛していると言われても、ロージーが胸に秘めた想いを告げることはできない。その理由をリオンも知っているはずなのに、なぜ彼は聞き分けの悪い子どものように振る舞うのか。

愛しているからこそ、彼が辛苦を舐める姿は見たくなかった。互いの想いあう心さえあれば、どんな苦境も手をつないで歩いていけるなんてただの理想論でしかないとロージーは知っている。

もし彼女がリオンを受け入れれば、一途な兄は間違いなく婚約し、のちに結婚することを望むだろう。事実、先刻から彼はそうしようと考えているのが言葉の端々に見え隠れしていた。

だが、親戚一同はどう思うだろうか。血がつながっていないと言っても、兄妹として育ってきたふたりが男女として愛しあうなど、倫理的に認められないことだ。それどころか、叔母はロージーを毛嫌いしていて、以前から早く家を出ていくよう縁談を持ちかけてきていたというのに。

ロージーの知るかぎり、自分が養女だということを把握しているのは亡き父の妹である叔母とその娘であるブリジットだけだ。年齢を考えれば、実際にロージーが養女になったことをその目で見て知っているのは叔母ひとりだろう。

その叔母が、リオンとロージーの結婚に反対する心づもりならば、彼女が養女であることを証言してくれない可能性もじゅうぶんに考えられた。

「どんなことをされても……わたしはリオンのものにはならない……。抱けばおとなしく言うことを聞くとでも思っているの？　体を手に入れることはできるかもしれないけれど、そうなったらきっと心は永遠に遠ざかるだけよ！」

嘘で塗り固めた言葉は、唇からこぼれてロージーの胸に突き刺さる。本当はずっとリオンだけが好きだった。しかしその想いを告げる権利さえ持ちあわせていない。

――お父さま、お母さま、これで間違っていないわよね……？

生まれてすぐに母を亡くし、父が誰なのかもわからない自分を引き取って、本当の娘と変わらずに愛してくれた両親は、たったひとりの実子であるリオンが幸福になることを願うはずだ。ならば、彼らはきっと自分に味方してくれる。ロージーは泣きだしたくなる弱い心を奮い立たせ、渾身の想いを込めてリオンを見つめた。

「そう……。そこまでぼくを拒むんだ？　せっかく手を回したというのに、なんの意味もなかったのかな……」

自嘲とも思しき昏《くら》い声に、彼が何を言っているのかはかりかねてロージーは一瞬、体に込めていた力を抜いた。

その瞬間――。

いつもは優雅なリオンの手が、乱暴にナイトドレスの胸元をつかみ、一息に前面の布地を引き裂いた。

本当に奪われたいわけではなく、リオンに改心してほしい故《ゆえ》の強がった言葉は、彼の欲情を煽るに過ぎなかったとロージーが気づいてももう遅い。縛られた両手で胸を隠そうとするより早く、リオンは彼女の手首をリボンごとつかんだ。

「痛……っ……」

頭上に高く上げられた腕が、不意に何かで支えられたような感覚を覚える。

おそるおそる顔を上げると、飾り板の上端に金属の留め具がついていて、手首を縛るリボンが引っ掛けられてしまった。もっと体を起こせばなんとかはずせるかもしれない。あらわにされた胸元を隠す術《すべ》もなく、敷布の上で腰をくねらせて体の位置をずらそうと必死になるロージーは、自分を見下ろすリオンの眼差しに気づきもしなかった。

「どうしたの？　そんなに腰を揺らしたりして、ぼくを誘っているのかな。ふふ、いいよ。きみのかわいらしい誘惑にのってあげるよ」

「え……っ？　あっ、や、やだっ！」

無残に破れたナイトドレスを払いのけ、リオンは愛らしいふたつの膨らみを両手で揉みしだく。昨晩とは違う、強引で乱暴にさえ思える指に知らず体が畏縮した。

「どんなことをされてもぼくのものにならないと、そう言ったね。だけどきみは知らないんだ。まっさらなその体に、甘い傷をつけてあげるよ。やわらかくて繊細な心の奥まで、ぼくのいちばん熱い想いを注いであげる……」

——覚悟はいい？

返事をする間も与えず、彼は尖りはじめたいとけない胸の頂にキスを落とす。両腕を高く上げさせられたせいで、肩と首が枕から浮いている。下半身は彼の足と腰で寝台に押しつけられてしまった。逃げ道はどこにもない。せいぜいできるのは、肩をよじる程度だ。だが、拒絶の意を示すつもりの動作ですら、豊かな胸を揺すって見せつけていると思われてしまうかもしれない。

「リオン、これ……、ん……っ、腕を……」

敏感な部分に触れれば甘い声を漏らすと思われるのが悔しくて、ロージーは喉元までこみ上げる快感をこらえながら手首の拘束をほどいてくれるよう頼んだ。

しかし、リオンは彼女の願いを叶えるつもりなど毛頭なく、つぶらな果実を唇でなぞっては顔を上げもせずに眼差しだけを向けてくる。

「心はくれないんでしょう？　だったら、腕も足も縛って逆らえないようにして抱いたっていいんだ。恥ずかしいなら視界も奪ってあげるよ。だけど唇はキスでしか塞がない。きみが淫らな声でぼくの名前を呼びながら達するのを、何度も何度も楽しませてもらいたいからね……？」

長く細い指が、せつなく自己主張する胸の先をつまみあげた。根本から先端にかけて指の腹で擦られる感覚に、腰が浮きそうになる。

それだけでは飽きたらず、リオンは指先でくびりだした乳首を赤く淫らな舌で舐った。

根本をきゅっとつままれたまま、先端を舌がつつく。すると触れられてもいないはずの花芽がひくりと疼いた。

——いや……！　感じたくないのに……。

体だけは言うことをきかせられると、彼に思われるのが耐えられなかった。リオンの望むような声で彼の名を呼んでしまえば、きっともう逆らえなくなる。せめて感じていることを彼に気づかれずにやり過ごしたくて、ロージーは奥歯をきつく噛みしめた。

「……か、感じたり……しなぃ……！」

頬は上気し、膝がわななき、舌先と指で翻弄される胸ははしたなく突起を突き出しているのに、それでも最後の意地で彼女は抵抗の声をあげる。

それを許さないと言いたげに、リオンは愛らしい乳首をきつく吸い上げた。

「は……っ、ぅ……、……んぅ……」

「そんなに我慢しているくせに、感じてないなんて嘘つきだね」

揶揄より甘く、同意よりそっけない口調でリオンがかすかに笑った。

「ぼくの望みをすべて打ち砕くつもりなら、もっと毅然とした態度で拒んで。そうでなければ、信じられないから。キスに応えるかわいらしい胸を見せつけているくせにね」

「ち、違う、それは……っ」

白い歯が、無垢な乳首を甘咬みする。歯が触れただけで、ロージーはたまらずに細い喉をそらした。ひどく屹立した突起は、みだりがましく彼の愛撫を待っている。もっと感じさせてほしいと、心が蜜に濡れていく。

それでも認めるわけにはいかない。リオンに禁断の関係を許すことは、彼の未来に枷をつけるのと同義なのだから。

「これでも感じない？」

「……か……んじな……い……っ」

「だったら……」

美麗な唇をすぼめて、熱く濡れた粘膜で包み込まれたと思った次の瞬間には、淫靡な音を立てて胸の先が吸われる。目の前が白く弾けるような強い快楽にさらされて、ロージーはビクビクと体を震わせた。

「これでも？　ねえ、ロージー。反対も舐めて吸って、たっぷり愛してあげたら感じてくれるのかな」

「………っ、ぁ……、や……！　感じたり、しな……っ」

いやいやと子どものように首を振ると、長い赤毛が白い敷布の上で波打つ。

腰の奥に熱がこもり、内腿をぎゅっとすり寄せていても媚蜜があふれてくるのを止められない。閉じ合わせた足の間で疼くのは、何も知らない清白の空洞――。

声を殺して頑なに目を瞑る彼女に痺れを切らしたのか、リオンがいっそう深く乳暈まで唇に含んだ。舌先がねっとりと絡みつき、リズミカルに二度三度と繰り返し、舐りながら吸い上げられる。

「…………ぅ……、か、かんじな……ぁ……っ」

しゃぶられるほどに頭の内側は白く塗りつぶされ、小さな果実が熟すように色味を増す。体中から発せられる甘美な警鐘を抑えつけて、ロージーは今にも震えそうなつま先で敷布を蹴ろうとした。だが、その足は宙をかくだけで布地に触れるより前に膝をあたたかな手で裏からすくいあげられてしまう。

「仕方ないね。強情なお姫さまを感じさせるために、ぼくは尽力するしかないみたいだ」

「ぇ……？」

持ち上げられた右足が、リオンの肩にかつがれる。ハッとしても、時すでに遅し。腰までめくられたナイトドレスの下には、彼女の体を守るものは何もなかった。

「そんなことしても無駄だから、ねえ、お願い、もうやめ……ひ、ぁ……っ！」

濡れた合わせ目を兄の指がしゃにむに押し開く。昨晩は優しくなだめるように媚肉を割った指先が、その内側へと割り入ってきたと気づいても、ロージーにはどうやって彼の侵入を拒んでいいのかさえわからなかった。

「い、痛……っ……あ、ゃぁ……っ」

先ほどまで唇で愛されていた胸が、唾液に濡れたせいで空気に触れるとひどく冷たく感じる。その冷たさが、いっそう小さな突起を敏感にしていた。

だが、それよりも――。

優美な指が、何も受け入れたことのないか弱く狭い蜜口に突き立てられる痛みに、ロージーは唇を噛んだ。

「きみは知らないいんだと言ったでしょう？　男の本気をどうやって受け流すか、受け止めるかも知らないくせに、感じないふりをして煽ったんだから責任は体で取ってもらおうか」

「ゃ……、やだ、痛いの、リオン……っ」

媚蜜に覆われた儚い粘膜に、ざり、と指の腹が擦りつけられる。濡襞の奥へと入り込んだ指は、たった一本で彼女の動きを封じてしまった。

「やめて……っ、おねが……ぁ、あぁ……っ」

強張る四肢が、ひくつく粘膜が、怯えに涙を浮かべた瞳が、リオンにわからないわけはない。それでも彼は、薄く笑みを浮かべたまま、ロージーの奥へと指を突き立てる。

――痛いのも怖いのもわたしなのに、どうしておにいさまのほうがそんな悲しそうに笑うの……？

彼の悲しげな瞳を見つめて、ロージーは声もなく喉を震わせた。

「まだ指一本なのに、そんなに締めたら苦しいのはロージーのほうだよ。ほら、力を抜いて。ここでぼくを受け入れるための練習をしないとね」

「……ぅ……っん、ぁ、あ、ゃ……っ」

きゅぅっと咥え込んだ狭隘《きょうあい》な淫膜を、軽く指を曲げるだけでリオンは簡単に押し広げてしまう。内部を開かれる初めての感覚に、ぞわりと背筋が粟立った。

「今なら……」

指の付け根までロージーの膣内《なか》に埋め込んで、リオンがかすかに瞳を揺らしながらせつなげな声をこぼす。

「今なら、やめてあげられるんだ。きみが誓ってくれるなら、ぼくは……」

その続きは、ため息に紛れて声の体裁を保っていなかった。兄が何を言おうとしているのか、体の内側を擦られているロージーにはわからない。けれど彼が、犯されかけている自分よりも傷ついた目をしているのは見ればわかる。

——どうしたら、いいの……？

受け入れる約束をすることで、目先の危機からは逃れることができるかもしれない。だが、約束を交わせば未来を拘束されるにほかならないのだ。

「……怖いって言って。触れられるだけで吐き気がするほどぼくのことを嫌いだと——二度と顔も見たくないときみが言ってくれたら、迷うことなくきみを奪えるんだ……」

青紫の瞳が、痛みをこらえるように揺らいでいる。リオンが本心から望むのならば、その言葉を口にするべきなのかもしれないと思うのに、開いた赤い唇は焼けつく喉からなんの声も絞り出せなかった。

——だって、わたしはおにいさまを嫌うことなんてできない。好きで、大好きでたまらないのに。だからこそ、こんなことをしてはいけないのに……！

「………誓います」

やっとのことで振り絞った声は、彼女の言うべき言葉とはかけ離れていた。なのに、胸に広がるのは絶望ではない。その理由は、誰よりもロージーが一番よく知っていた。

「本当に……？　ロージー、もう一度言ってくれる？」

悲嘆に暮れていた青紫の瞳が、今は希望の色を浮かべて彼女をじっと見つめている。リオンの声ひとつ、表情ひとつ、その瞳に宿る光ひとつでロージーの心は左右されてしまう。もう、戻れない。

この道を選んだのは、ほかならぬわたしなのだから——。

「誓うわ、リオン……。体だけは、あなたに………」

愛しいひとの目を見てはいけない。そこに映る自分が、どれほど愚かな愛に溺れているか思い知らされてしまう。

どれほど彼に溺れているかなど、誰に教えられなくてもとっくに知っていた。

泣きたくなるのは、リオンへの愛が唇からこぼれてしまいそうになるせいだ。こんなせつない気持ちになっても、彼に出会わなければよかったとは思えない。最初から知らないままでいるより、叶わない想いに身を焦がすほうがいいと思うほど、ロージーはひたすら兄に恋慕を寄せていた。

「ふふ、ありがとう。そう言ってくれるって信じてたよ？」

——え……？

甘濡れの襞をいっそう淫らに弄《まさぐ》る指は、誓いを立てたことで抜き取ってもらえると思っていた彼女を混乱させる。

「リ……リオン……、あの……」

「でも、ちょっと返事が遅かったみたいだね」

意味をはかりかね、ロージーはおろおろと兄を見上げた。怯える薄水色の瞳に映るのは、先刻までの悲しげな表情を一掃した優美で艶然としたリオンの笑顔で。

くぷりと小さく蜜音を響かせて、せつなる粘膜を擦っていた指が抜き取られた。彼の言葉の意味を考えるより、安堵の息を吐いたロージーの右足がさらに高く引き上げられる。

「……ごめんね？」

開かれた足の間から、低く押し込むようにしてリオンが腰を——猛《たけ》る劣情を押しつけたと気づいたのは、いとけない蜜口に張り詰めた先端が押し込まれたあとだった。

——ウソ……でしょ……？

驚愕に、自分の体が彼の楔に貫かれようとしていることもうまく認識できない。体の感覚と心の速度が一致しなくて、ロージーは呼吸すら忘れて目を瞠った。

「きみに慰めてもらうしかないんだ。ロージーがせっかくぼくのものになると誓ってくれたんだから、今もらってもいいよね」

何を——？

今さらそんな愚問を口にするほど、世間知らずでもない。女として生まれた体は淫蜜をあふれさせて、初めてだというのに健気に彼を受け入れようとしている。いけないことだと感じる心を裏切って、押しつけられた雄芯を咥え込む準備を整えてしまっていて——。

「——ダメ！　リオン、ぬ、抜いて、入れちゃダメ……っ！」

なんとかして侵入を防ごうと、切っ先を埋め込まれた細い腰を跳ねあげる。しかし、濡れに濡れた蜜口は逆に彼の劣情を深くのみ込んで濡襞を蠢かせた。ロージーが腰を浮かせた瞬間に、リオンが腰を押しつけたせいだ。

そんな動きまで、読まれている。

何をしても無駄なのだと、本当はロージーもとっくに知っていた。心の奥に隠した愛情さえも、彼は見抜いているのかもしれない。だからこそ、これほど強引な方法を選択しているとも考えられる。

「あぅ……っ……、く……、痛……っ」

「そんなに暴れたら、もっと痛くなるよ。ゆっくりしないと、初めてなんだから、ね……」

逃げようとする腰をなだめる大きな手と、隘路を押し開いて熱を溶け合わせる逞しい欲望が、優しさと淫らさの合間をぬって心の内側を撫でていく。

「やぁ……ぁ……っ！　おねが……っ……、入ってこな……で……っ！」

純潔を踏みにじる熱く滾った愛慾が、儚く脆い処女《おとめ》の襞を目一杯にかき分ける。隅々まで彼の熱を擦り込まれていく錯覚に、灼《や》けるような痛みを感じてロージーは涙ながらに懇願するしかできない。

奪われるのは体だけ、痛いのは最初だけと言い聞かせても、表皮を裂かれるような鋭痛と杭を打たれるような鈍痛を同時に与えられていては我慢も限界だった。内に漲《みなぎ》る想いの丈を集結させて埋め込まれる楔が半分ほど彼女の内部を抉ったころ、リオンは上半身をロージーに預けて体を重ねてきた。

「あとほんの少しで、ロージーは全部ぼくのものになるんだよ……。その薄水色の瞳に浮かぶ不安を、快楽で濡らしてあげる。怖がらないで。ぼくを……受け入れて……っ」

どんな優しい言葉も、圧倒的な質量で体を内側からあばかれる恐怖にはかなわない。

——怖い、助けて、いや……！

閉じた眦《まなじり》から、はらはらと涙がこぼれていく。右足を肩に持ち上げられ、逃げることもできない。花びらを散らすごとく、破瓜《はか》の証血が真っ白な肌を伝う。

ず、ずずっ、と粘膜ごと押し入ってくるリオンの淫杭が、深奥のいっそう狭まったあたりを擦った。すると、それまでとは異なる感覚に背が反り返る。

「あぁ……っ……！　ぃ……痛っ……、もぉやめ……ぁ、ぁあ、ぅ……」

痛いだけではなくなってしまうのが、ますますロージーを怯えさせた。鈍く鋭く押し寄せる痛みは、自分の体がリオンを拒んでいる証拠だったはずなのに。

——どうして、痺れるみたいに疼くなんて……これは……。

「おにぃ……さま……、も……ゆるし……んん、ん……ッ」

腰と腰が密着する直前まで近づいていた。

今さら抜いてもらったところで、兄と淫らな行為に及んだ罪は消えない。それでも禁じられた関係の中で快楽を味わってしまえば、自分を許せなくなってしまう。

「あぁ、ぁ……っ、おにいさま……ぁ……っ！」

上半身がわななないて、勝手に胸を震わせた。みだりがましく尖ったはしたない先端が、リオンの胸に擦れてきゅんとせつなさがこみ上げる。それだけに留まらず、胸の先端から駆け巡る快感が、彼を受け入れた純情な空洞へ刺激を伝達した。

「っく……」

濡れに濡れた粘膜が、リオンの情欲にすがりつくように締めつける。彼が眉根を寄せて、苦しげな息を漏らした。

「そんなに締めたりしていけない子だね。は……」

見上げれば、兄の麗しい額に汗がじんわりとにじんでいる。いつも涼しげなリオンらしくもない、追い詰められた表情がロージーの胸をいっそうせつなく疼かせる。

「……悔しいな」

「え……？」

ふぅ、と深く息をひとつ吐き、彼はロージーの眦に唇を寄せた。やわらかくあたたかなキスに、張り詰めていた心がかすかにやわらぐ。

「本当は、きみを奪うことで完全に兄と妹でなくなるはずだったんだ。それなのに、またお兄さまと呼ばれてしまった」

「あ、あの、それは……」

責められると思いきや、なぜかリオンはふわりと優しく微笑んだ。

「あのね……？　ロージーは気づいてないかもしれないけれど、きみがぼくをおにいさまって呼ぶと、膣内《なか》がきゅぅうってかわいらしくぼくを欲しがるんだ」

あらぬ疼きを発する粘膜を、彼はとうに見抜いていたらしく、言いながらひどく色香の漂う吐息を漏らした。

「う、うそ……、そんな……」

「嘘じゃないよ。名前で呼ばれたいってこだわっていたけれど、本当はそんなことどうでもいいのかもしれないね。それに……ぼくも、禁断の果実をきみと分けあうことに夢中みたいだ。こんないやらしいことをしている最中に、兄と呼ばれて興奮してしまうんだから……ね……？」

狭隘な深奥を穿つ楔が、ひくりと鎌首を身震いする。みっしりと内部を蹂躙しつくしながらも、その硬く熱い昂ぶりは鋼鉄などではなくリオンの体の敏感な一部分なのだと実感させられる気がした。

どくん、と胸が高鳴る。

痛みにばかり気を取られ、現実から目を背けていたけれど、今ふたりがつながりあっているのは愛を確認する行為だ。体のもっとも弱くてせつない部位を擦りあわせ、誰にも見せられない恥ずかしい快楽を共有するための――。

それを思い出した途端、ロージーのやわらかく濡れた粘膜があえかに疼いた。今、咥え込んでいるのは世界で一番大好きなひととの情熱で、彼も自分を感じてくれている。

「……ほ……本当に……？」

「うん？」

声が上ずるのを堪えて、大切な答えを探りたがる心に従い、彼女は涙に濡れた薄水色の瞳でリオンを見上げた。

「ほんとに……感じてくれてるの……？」

経験がない自分でも、彼を満足させられるのだろうか。

――だってリオンはわたしよりずっと大人で、なんだかすごく慣れて見える。なのに……わたしの体で、気持ちよくなってくれているんだとしたら……。

痛くて苦しくて、こんなことやめてほしいと願っていたはずなのに、ロージーは泣きたいくらいの喜びを覚えていた。胸を熱く焦がすのは、リオンへの一途な愛情だけ。

彼の思い出を刻んでもらうことよりも、彼の中に自分の記憶を残したくなる。

たった一夜《ひとよ》、こうして体をつないでいても、永遠に隣にいられるわけではない。だったら、せめて――。

「きみはずるい……。そんなにかわいい顔でぼくを煽ったりして。……言わないとわからないのかい？　ぼくは今、きみを感じておかしくなりそうなんだよ。もっともっと、狂わせてほしい」

やわらかな金髪が、額に張り付いている。汗で濡れた肌を拭ってあげたくても、両手を拘束されたままのロージーには何もできない。甘い吐息を漏らして、彼女は最後の理性を手放した。

「……もっと……感じて……？」

「ロージー？」

――わたしにできることなんて、このくらいしかないんだもの。

ならば少しでも、リオンに喜んでもらいたい。彼の人生においてはほんのわずかな時間だろうけど、慰めになりたくて。

「リオンに……、気持ちよくなってほしい、から……」

純潔を捧げて、今後ずっと彼だけのものでいることを誓ってほしいとリオンは言った。

その誓いの半分は、すでに遂げられている。残り半分、彼だけのものでいる約束は――離れ離れになっても、誰にも体を触れさせず心を許さないことでかなえられる。

――自己満足でもいいの。おにいさまのことを、ずっと好きでいる。これから先も誰かを好きになったりできない。ずっとずっと、おにいさまだけ。

「だから、全部……、もらってください……」

この世のものとは思えない美しい青紫の瞳に、ロージーは心を込めて懇願する。

兄でも、そうでなくても、彼女はリオンしか愛せない。今まで秘めてきた想いは、甘く熟れて媚蜜を滴《したた》らせている。

今宵一晩だけでいいから、神さま、どうか見逃して。愛するひとをこの身に受け入れて、愛される喜びに溺れてしまいたい――。

「………リオン？」

覚悟を決めたというのに、先ほどまで強引に彼女を奪おうとしていたリオンの反応がない。もしかして、無理やりのほうが好きなの？　受け入れてって言っていたくせに？

——でも、もしそうだとしたらわたしはもっと抵抗したほうがいいのかしら。男のひとは、嫌がる相手を組み敷くほうが興奮するのかもしれないし……。

考えるほどにおかしな方向に発想が遠ざかっていっていることも、真剣すぎるロージーは気づけないでいた。心のかぎりを凝らして愛のままに彼を受け入れようとしたあたりで、とうに思考力を手放したせいかもしれない。

不安になっておずおずと口を開こうとしたとき、頭上高くあげられていた手首が不意に留め具からはずされた。

「え……？」

華奢な指先に、リオンがキスを落とす。爪のふちに触れた唇がくすぐったさともどかしさを感じさせる。

「ひどいことをしてごめんね。傷つけるってわかっていたのに、逃げられるのが怖かったんだ。本当はロージーよりぼくのほうがずっと勇気がないのかもしれない」

「そ、んなこと……ん……っ」

ちゅ、ちゅっと何度も指にくちづけられて、甘い疼きが腰の奥に漲《みなぎ》っていく。体中に駆け巡る甘酸っぱい官能が肌を敏感にするのと反対に、目はかすみ耳は栓をされたように音がおぼろげになった。

そんなロージーの反応すら知り尽くしているのか、彼女の指先に唇をあてがうリオンが
それまでとは違う表情を浮かべる。

「…………あと、きみが堕ちる姿を見たかったのもあるけど……」

ごく小さな声でささやいた言葉は、愛しい少女の耳に届くより早く空気に溶けていった。

「え、なんて言ったの？　や……、く、くすぐったくて、んぅ……」

「なんでもないよ。手首、痛くなかった？」

固く結んだリボンを、リオンが器用にほどきはじめる。繊細なシルクは結び目が瘤にな
っているというのに、彼の長く美しい指にかかるとあっという間にほどけてしまった。

「痛いのは、手首より…………」

言いかけたロージーが、自分の言葉に赤面して顔を横に向ける。

――何を言おうとしてるのよ、わたしったら！

それに今は、彼を受け入れる無垢な粘膜も痛みだけではなくもっと淫らな歓楽を覚えは
じめていた。

「手首よりどこが痛いの？　ぼくが舐めて癒してあげる。――教えて？」

拘束していたリボンに擦れてわずかに赤く染まった手首を、リオンがちろりと舌先で舐
める。濡れた舌が、かすめるように肌を撫でるとロージーの腰が勝手に跳ねた。

「ん……っ！　や……ぁ……」

強引に快楽を与えようとするくせに、受け入れた途端に今度は焦らすなんてあんまりだ。そうは思っても、口にしたらあまりにみだりがましい言葉になってしまいそうで、ロージーは兄に手首を舐められながら耳まで真っ赤になって唇を噛む。

「ねえ、ほかにも痛いところがあるんでしょう？　ぼくがいっぱい舐めてあげるから、ちゃんと教えてほしいな」

「や、もぉ平気だから……っ」

「ダメだよ。きみを苦しめた罰を受けさせて……」

こうなってしまうと、いったいなにが罰でなにが褒美なのかも曖昧になっていく。むしろ、はしたなく蠢動する媚襞をあやしてもらいたいのに、内からの圧迫だけで彼女を翻弄するリオンは甘苦しい罰を与える側なのではないだろうか。

「ふふ、かわいいね。ロージーがこんなに感じやすくて、ぼくにぴったり馴染むなんて、ずっとそばにいたのに知らなかった。もっとたくさん、ぼくの知らないきみを教えてもらうことにしよう」

両脇に手を差し入れられたロージーは、ごく自然にリオンの首に腕を回した。心がすれ違ったまま抱かれるより、きつく彼を抱きしめているほうがずっと幸せだ。

「……え……？」

寝台に背を押しつけられるものと思っていた体が、なぜか宙に浮き上がる。無論、下腹部に突き刺さる彼の楔はそのままに。

引き裂かれたナイトドレスがかろうじて背中側を隠しているけれど、ひどい格好に違いはない。

「リ、リオン!? ん、ふぁ……あぁ……っく!」

子どもが母親に抱きつくように、足を開いて彼の腰を股に挟んだ格好で持ち上げられている。しかも腰の中心がつながっているのだから、なんとも心もとなく感じる。

リオンはすべらかなロージーのお尻を両手でつかみ、彼女の体を抱え直すと階段へ続く扉へ向かって歩き出した。

「あ、あの、どこへ……? あぅ……っ」

「ほら、動くと奥まで全部入ってしまうよ。ちゃんとぼくにしがみついて?」

返事が返事として機能していないのに、彼は気にかけるふうもなく、ロッキングチェアにかけてあった黒いマントを片手でつかみあげた。

愛情に陶酔していたときは痛みも薄れていたはずが、こうして体勢を変えられると足の間がじくじくと疼痛に襲われる。リオンが歩くたび、振動で内壁が擦れるのも苦しい。

肩にふわりとマントがかけられて、ふたりの体をすっぽりと包み込んだ。彼がいったいこれから何をしようとしているのか、ロージーには想像もつかなかった。

「ねえ、リオン……」

「別館の中ならまだしも、外を歩くにはきみとつながったままじゃ恥ずかしいかなと思ってね。それに侍女にだってきみのかわいらしい体を見せたくないから」

――今、なんと言ったの？

外を歩くだなんて、正気の沙汰とは思えない。ロージーは言葉もなく愛するひとを見つめる。さて、彼女は麗しの兄の首を思いきり絞めてもいいのか。できるわけがない。それめでも考えずにいられないのは、彼のしようとしていることが――。

「ふふ、ぼんやりしていたらどうなるかわからないのかい？　ああ、それとももっと深くまでぼくを咥えこみたいの？」

「……なっ、ちが……、あぁ……っ」

「だけどおあずけだよ。ぼくはロージーと行きたい場所があるんだ」

朝だというのに目の前が真っ暗になりそうだった。彼はあろうことか、つながりあった体をそのままにロージーを抱き上げて別館を出て、どこぞへ行こうとしているのだ。

――ありえない。そんなの絶対無理よ。もし誰かに見られたら……。

「い、イヤよ！　どこにも行かないっ！」

「大丈夫、心配しないで。まだ朝早いし、侍女たちだって忙しくしている時間だから、ロージーがあられもない声をあげたりしなければ、わざわざ外を見に来たりしないんじゃないかな」

「～～～……っ」

もうどうにでもなればいい――と開き直れる性格ならば良かったのだが、いかんせんロージーは本質が常識人で生真面目なところがある。今までは、兄ほど誠実で倫理的な男性はいないと信じていたものだが、彼女を貫く灼熱の主こそがリオンだということを考慮すると、まったくもって勘違いだったということだ。あまつさえ、彼はこのまま外へ出ていこうとしている。

「リオン、ここはたしかにあなたの敷地だわ。だけど、だからといって……こ、こんな格好で外に出るなんて、……ん、ぁ……っ！　ちょっと、ぁ、ゃ、やぁぁ……っ」

マントでつながりあう体を隠し、彼はロージーを優しく抱いて廊下を歩いていた。しかし埋め込まれた杭が唐突にがくがくと揺らいで、彼女の儚い粘膜を抉るように上下する。耐えきれずに声を漏らし、ロージーはひしとリオンの体にしがみついた。

「うーん、そんな声をあげたらみんなに気づかれてしまうと言っておいたはずなんだけど、ロージーはもしかしてひとに見られたいのかい？」

「そ……っな、わけ、あッ、あ、あぁ……っ」

「階段を下りるだけで、身も世もない声をあげちゃうんだね。ふふ、薔薇園までこのまま我慢するつもりなのに、煽らないでよ」

きつく目を瞑っていても、まぶたの裏には白い快楽の火花が弾ける。わざとなのか、リオンがロージーの体を何度も抱え直すせいで、そのたびに甘濡れの媚襞を擦りあげられて嬌声が漏れてしまいそうになる。

「…………も……ゃぁ……、ひぅ……っ……」

階段を下り終わってしばらくすると、頬にひやりと冷たい空気が触れた。ぎい、と扉が軋む音がしたようにも思うけれど、想像もしなかった淫らな現状に心が追いつかず、ロージーは自分がどこにいるのかさえわからなくなっていた。

「いい子だから、おとなしくしていて。もっとぼくにしがみついて、世界中でぼくしか頼る相手がいないんだと思い知っていいからね」

耳元で甘やかにささやかれた言葉が、胸にこみ上げる情欲を追い立てる。リオンが歩くと、地面に足がつく衝撃と体が移動する不自然さに、突き上げられているわけでもないのに互いの儚い粘膜が擦れて淫猥な蜜が滴《したた》っていく。

──こんなの、もうおかしくなる……。

杭を穿たれているのは腰の中心だというのに、頭のなかまで犯されているように思考が乱れ、自分でも抑えきれない激しい衝動がロージーの内側で渦を巻いた。

「……っ、……ぁ、ぁ……ッ」

リオンの肩に顔を埋めて、なめらかな肌に歯を立てる。無意識に、彼女は快楽に悶える体を慰めようとしていた。

「いいよ。ぼくに傷をつけて。ぼくがきみを壊すのと同じに、痛みを与えてくれてかまわないんだ。──だけど、薔薇園までロージーはもちそうにない……かな」

恍惚とした声も、嬉しそうな笑顔も、もう何もわからない。振動でわななく濡襞が、きゅううっとせつなく収斂を繰り返してはロージーの深奥から快楽を引き出してしまう。

「リ……オ、ン、わたし……、ん、ふ……っ」

「達《イ》きそうなのかい？　ふふ、こんな格好で、さっきまで処女だったのにね。女になったばかりで動かしてもないのに感じてるなんて、どうしようもなく愛らしいひとだ。いいよ、誰も見てない」

――淫らに達してごらんよ。

凪に混ざるセイジの香り、遠く降り注ぐ太陽の光、そして抱きしめたリオンのぬくもりが、すべて融けあっていく。

「…………っ、は……ぁ、ぁ、ぁぅ……ッ」

びくびく、びくん、と腰の内側で儚い粘膜がみだりがましく打ち震えた。小さな蜜口はきゅんとすぼまり、そこから奥へ向けて襞を揺るがし何かを搾り取るように漣《さざなみ》が駆け上がっていく。

「……愛してるよ、ロージー。ぼくの想いの丈を全部注いであげるから、そのときにはもう一度達《イ》く顔を見せてくれるね……？」

最愛の兄の声が遠ざかるのを感じて、ロージーはぎゅっと彼にしがみついた。

どこにも行かないで。

お願い、ずっとそばにいて――。

体の痛みは、いつしか心の疼きに変わり、彼女はどうしようもないほどリオンに堕ちていく。

† † †

乱暴に貫いて、泣かせて、嫌われることも覚悟していたというのに、彼女はすべてを受け入れる。無論、どれほど泣かせたところで最後には笑わせるつもりだった。

怖がりなくせに、いつも強がってばかりの薄水色の瞳は、屈託なく前を向いて揺るがない。

「……どうしてきみは、そんなに強いんだろうね。その光を奪って、閉じ込めてしまおうとしたぼくすらも闇から連れ出してしまうんだから」

濃厚なバラの香りに混じって、少女の甘い蜜が鼻先をくすぐる。

純真無垢な体を預けて、初めて男を受け入れた隘路が無意識のまま儚い蠕動を繰り返していた。

リオンは薔薇園の長椅子に腰を下ろし、膝の上にロージーを抱いて、その長い赤毛を優しく指で梳く。つるりとなめらかな額に唇をつけると、彼女は小さく体を震わせた。

硝子張りの秘密の園には、あたたかな光が射している。薔薇蔦の絡まるその奥に、彼女がくつろぐための一角を準備したのもリオンだった。小さなテーブルとやわらかな長椅子は、バラをこよなく愛する妹とティータイムを楽しむために設置した。それが今は、彼女の狂おしい花蜜に埋もれて、純潔を奪った灼熱を突き立てたままに身動きもできず、ふたりきりの時間を抱きしめている。

「ん…………」

長い睫毛の先に、小さく小さく涙の粒が光る。その光を震わせて、ロージーがゆっくりと薄いまぶたをひくつかせた。

誰の目にも留まらない世界に連れ去ってしまいたかった。

永遠に閉じ込めて、自分だけのものにしてしまおうと本気で思ったこともあった。

――きみの羽をむしりとっても、ぼくはきっと安心なんてできない。

ゆっくりとロージーを追い込んでいるつもりで、茨の檻に囚われたのは自分だとリオンは知っている。

「おにぃ……さ、ま……」

薄い肩がぴくんと揺れて、赤い唇が彼の心を狂わせる甘い声を漏らした。

おにいさま――。

愛らしい唇がそう紡ぐと、彼女の濡襞がきゅんと狭まったのにリオンは気づいていた。

ロージーは兄に抱かれている。ただの男としてのリオンではなく、彼女の兄であるリオンに抱かれて感じているのだ。

「だけど、まだダメだよ。きみがぼくを好きだと言ってくれるまで、何度でも愛させてもらうから。ぼくを許さないで。永遠にそばにいて――」

まだ朦朧としている愛しい彼女の腰を両手でつかむと、リオンは赤毛に顔を埋めて膝と腿に力を込める。

最奥を斜めに突き上げる先端をぐりっと押しつけて、細腰を追い立てるうちにロージーは目を覚ますだろう。それより前に、一度愛を注いでおくべきか。それとも彼女に自覚させながら果てるほうが……？

「愛してるよ、ロージー」

彼女の心まで貫きたいと願いながら、リオンは腰を突き上げる。甘く蕩けて彼を濡らすのは、もう妹ではなくただの女に成り果てたロージーの快楽の証。それを自身にまぶすように、彼はひたすらに愛する女性の体に自らの楔を突き立てた。

† † †

――どうして……？

甘い吐息が耳まで感じさせる。浅い呼吸を繰り返しながら、ロージーは淫らに腰を振っている。自分の意思なのか、本能による行動なのかも判断がつかない。

「あぁ……ッ、ぁ、ぅ……、ひぁぅ……っ」

止めどなくあふれる媚蜜が、慣れない甘襞で潤滑にリオンを受け入れるのを手伝い、擦れあう粘膜は蜜音を立てる。

「ゃ……、ゃぁ……、あ、あぁ、ぁ……っ、んん！」

どうしてと問うたはずが、どうしてもと答える狂おしい快楽にかき消されて、兄の腰を跨いだまま彼女は激しく髪を波打たせる。

意識を取り戻したとき、彼女はすでに今と同じ格好で自ら腰を揺らしていた。それどころか疼く深奥にもっと彼を咥え込みたくて、我慢できずに何度も何度も達しながら今もこうしてリオンを感じている。

「ロージー、そんなに激しくしたら……っく、もう、ぼくも……」

長い髪をつかんだリオンは、ロージーを上向かせて貪るように唇を塞いだ。絡みあう舌と、甘い唾液が心を壊してしまう。

「ん……っぅ、う、ダメぇ……、キスすると、あ、あ、ぁ……っ、もっと、感じちゃう……っ」

薔薇園の甘やかな香りに包まれて、淫靡な蜜音があたりに響いた。爛れた愛欲に、もう理性は欠片も残っていなかった。この期《ご》に及んでそんなものが残されていては、逆に彼女は苦しんだのかもしれない。

――心も体も、純潔も理性も、何もかも奪ってくれるならそれでいい……。

「ふ……、感じちゃうのはダメじゃないよ。だったら、もっとキスしよう？　ほら、ぼくのがきみのいちばん深いところにキスしてる。だから、唇もつないでしまおうよ……」

誘惑はすでに命令となんら変わらなくなっていた。彼が望むことはすべて叶えたい。それがどれほど淫らで恥ずかしいことであろうとロージーは拒むという選択肢を放棄してしまった。

「ぁ、……っあぁ、おにぃさ、ま……ん、ん……っ」

不規則に揺らぐ白い四肢を乱して、彼女は自分からリオンにくちづける。舌を吸われれば、狭隘な蜜洞は快楽を貪ろうと一途に彼を締めつけた。そのかたちを内部に写しとってしまいそうなほど、長い時間をかけて交わり続けて――。

「やぁ……っ、ぁ、ダメ……、また、またおかしく、な……っ」

びくびくと腰がわななないた。リオンの背に爪を立てて、ロージーはひゅぅっと鋭く息を吸う。

「かわいいきみに、ぼくの全部を……注ぐよ……」

首筋に噛みつくキスと同時に、ちりっと灼けるような痛みがあった。熱い唇と、汗に濡れた肌が触れ合ったところから、全身の力が抜けていく。それなのに、リオンの滾る愛慾の昂ぶりを受け入れた媚襞だけがきゅんきゅんとせつなく引き絞られてしまう。

「ぇ……？　あ、あ、……っは、ん……、あぁぁあぁ……ぁ、ぁ――……っ」

好き。大好き。

声に出せない想いは、代わりに蜜となってふたりのつながる部分を濡らしていた。ひくついた粘膜の奥で、張り詰めた切っ先がぶるっと震える。

――ああ、もう……！

それだけは回避しなければならないと、普段のロージーならわかっているはずだというのに。

「ロージー……っ」

ひときわ強く体を引き寄せられる。彼が自分に何を注ごうとしているのか知っていても、ロージーはもう拒むことなどできなかった。

「……は、……っ……」

白濁の情愛が、彼女のもっとも深い部分に迸《ほとばし》る。限界まで堪えつづけたリオンの白い衝動は、びゅくびゅくと激しい勢いでロージーに沁み入った。

「愛してるよ……」

──わたしも、あなたのことを心から愛してる。

しがみついた背中は、汗で濡れていた。

その一滴《ひとしずく》までも愛しくて、ロージーは顔も知らない実の母親のことを想った。自分を産んですぐに儚い存在となったそのひとも、結婚を許されない相手との間に子をなしたのかもしれない。以前のロージーなら、無責任でふしだらな行為だと感じたのに、今はそう思えなくなってしまった。

たとえ誰に詰《なじ》られようと、誹《そし》られようと、愛に溺れてしまう瞬間が誰にでもある。

ただ愛しただけで、なぜ罪になるのか。

愛する心に罪はなくとも、心を交わすために抱き合うことが罪になるのに──。

「ごめんなさ……ぃ…………」

こんなに感じてしまってごめんなさい。

はしたないわたしを罰してもいいから、どうか彼のことだけは許してください、神さま。

堪えきれない嗚咽を漏らし、抱きしめられたまま泣く彼女の背を、リオンはいつまでも優しい手で撫でてくれていた。

――このぬくもりだけは忘れないでいよう。何もかも失っても、記憶だけはわたしのものだもの。

薔薇園には、秘密の花が咲き乱れている。触れれば指を傷つける棘を持ちながら、誰もを惹きつけて魅了するその花の名前は――。

第四章　淫らな夢の果てに

久方ぶりに本館の自室のピアノに向き合って、ロージーは鍵盤に指を走らせる。楽譜を追う目と、指に伝わる意識が解離した感覚が抜けず、何度弾いても満足のいく演奏にならない。ばらばらの音符を脆い糸でつぎはぎに縫い合わせても、リオンが紡ぐような美しい旋律には到底及ばなかった。

居室は住人がいない間も侍女の手でバラが飾られていたらしく、朝食のあとに部屋の扉を開けた瞬間から甘い香りが胸の奥まで入り込んできた。

あの日——。

いや、正確にはあの日々というべきか。今朝まで数日にわたって、彼女はリオンと別館で蜜月に似た甘い時間を共有していた。

快楽から覚めれば、残されるのはやりきれない現実だけ。逃げ出そうとするたびに寝台に押し倒され、何も考えられなくなるまで抱かれる。その回数をかぞえることも途中で諦め、彼の熱を自分の内側で感じる日々に馴染んでしまった。

思い出すだけで、秘めやかな蜜路が彼の存在を締めつけるようにきゅうっとうねる。その蠢きが体中に伝わって、鍵盤の上の指がリズムを乱した。つなぎあわせたメロディが、さらなる混乱に跳ね躍るのをロージーは必死に食い止める。

それでも罪悪感はつきまとう。血はつながっていなくとも、彼は兄であり自分は妹だ。家族とは血縁でのみ形成されるものではなく、時間によって築き上げられると信じていたからこそ、兄の手で女としての快楽を教えこまれたことが苦悩を呼び覚ます。

だからだろうか。

リオンに心の奥まで突き上げられ、白く熱い愛情を注がれる瞬間、ロージーはいつも泣きたくてたまらなくなる。

生まれて間もなくたったひとりの肉親を亡くした自分を娘として育ててくれた公爵家の両親は、彼らの本当の息子であるリオンが妹として育ったロージーと浅ましい関係にあることを悲しむだろう。父も母も亡くなっているからといって、彼らへの感謝を失ったわけではない。

若きバークストン公爵を愛慾の地獄に突き落として、ぬけぬけと彼の婚約者におさまるつもりなどロージーにはなかった。

機を見て彼の腕から抜けだそうと思っていたし、事実行動に移しもした。そのたび、リオンが彼女を夢の世界に引き戻してしまっただけのことで――。

今も体の奥に、彼の香りがしみついている気がする。あるいはピアノを弾く指さえも、リオンがロージーの体の上で典雅に指先を躍らせる動作を真似てのことに思えるほど、彼女は慣らされてしまった。慣らされて、鳴らされて、成らされてしまったのだ。

彼の与える快楽に慣らされた。

彼の与える愛撫に鳴らされた。

彼という男によって、彼だけの女に成らされた。

――ダメよ。思い出したりしちゃいけないの。

鍵盤の上を滑っていた手指が、いつしか動きを止めている。はしたない追憶で、リオンに激しく穿たれた感覚を呼び起こした愛花の奥がひっきりなしに空白を締めつけ、これ以上ピアノを弾くこともできない。

しかし彼は今、外出している。ロージーと違って、リオンにはやらねばならないいくつもの仕事があるというのに、数日にわたって別館にこもっていたのだ。いつまでもふたりきりの日々は続かない。

ロージーは盛大にため息をついた。別段、演奏の腕が鈍ったことを悩んでいるということではなく、すべては朝から兄が刻み込んだ甘い甘い佚楽《いつらく》のせい。

ピアノが得意なわけではなかった。最初から、公爵家の娘としての手習い程度だったのだ。刺繍と音楽をたしなみ、少々の勉強をして、家のためになる結婚をすることが彼女に与えられた唯一の役割だったが、それすらも今は失った。少なくともロージー自身は、自分が公爵家の娘として誰かに嫁ぐことはないと知っている。

自嘲するように寂しげな笑みを浮かべると、彼女は楽譜を閉じて椅子から立ち上がった。

「どうしてもダメかい？」

それは今朝の出来事――。

リオンは別館の寝台で、朝早くからたっぷりと彼女を抱いたあと、今日はどうしても視察に出かけなければならないと言った。

むしろ今日までどこにも出かけずにいられたことのほうが、ロージーから見れば不思議なくらいだ。彼女が求婚される以前、兄は毎日忙しく王宮で陛下の補佐として執務をこなし、領地の桑園や牧場の見回りと商会の経営に明け暮れていた。

だが、甘い日々に慣れてしまったのはロージーだけではなくリオンもまた同様だったらしい。彼は視察にロージーを同行したいと言い出した。

「……ダメっていうか、おかしいでしょう？」

裸の体に上掛けを巻きつけ、ロージーは金髪の美しい公爵を見上げる。カーテンの隙間から入り込む朝陽を浴びて、リオンは首を傾げた。

「ぼくはおかしいと思わないよ」

領地の視察に妹を同行するのは、ありえないことではない。しかし彼が自分を人前でどう扱うか、ロージーには予測しかねてしまう。妹としての距離感を保つことができるなら、馬車で領地を回るのも楽しい時間になりそうだが——。

絶対に、彼は兄妹の領分を踏み越える。

尋ねなくとも、確かめなくとも、ロージーにはそれがわかっていた。

「リオンがおかしいと思わなくても、わたしは思うの！　だから、そんなふうにかわいく言ってもダメ！　首を傾げてもダメ！」

きっと彼は、人目など気にせずロージーを恋人扱いするだろう。そして自分も最終的に彼の振る舞いを拒めない。それではいけないと、心が警鐘を打ち鳴らした。

彼には彼の役目がある。

領地を治め、今までどおりバークストン公爵として生きていかなくてはならないのだ。

ロージーが、彼の隣から姿を消したあとも——。

愛される喜びに浸りきるには、現実が見えすぎてしまう目が恨めしい。いっそ、何も知らない純真な少女を装って彼の想いに溺れていられれば、こんな悩みも霧散するのだろうか。

けれど、ロージーは自分の足が地についていることをいつだって感じられる。ふわふわと浮いたままではいられない。

「仕事は仕事でしょう？　リオンには守るべき領地があって、守るべき領民がいるのだから、何よりそれを優先しなくてはならないわ」

「そう言って、ぼくが出かけている間に逃げ出す算段じゃないだろうね？」

すべらかな頬に手を添えて、リオンはじっと彼女の瞳を覗きこんだ。穏やかな物言いでありながら、決して許さないという強い感情が込められた声に、心がぎくりとすくんだ。考えていなかったとは言えない。

自分の存在が兄の足枷になるくらいならば、隙を見て逃げ出すことも必要だと思っている。

即座に頷くことができない馬鹿正直な自分に心のなかで舌打ちをして、ロージーは青紫の澄んだ瞳から逃げるようにそっと視線をそらした。

「……約束、してくれるかな」

裸の体が彼の胸に引き寄せられる。男性らしいしなやかな筋肉に覆われた胸に頬をつけると、リオンの鼓動が直《じか》に伝わってきた。

「約束って……？」

「ぼくが帰ってくるまでに、いなくなったりしないで。戻ったら真っ先にただいまって言うから、きみはぼくにおかえりって微笑んで……」

いつにもまして心に響く、やわらかな彼の声。けれど、その声音が物語っているのは、リオンもふたりの関係を秘め事だと自覚している事実だ。

「……わたしには逃げる場所なんてないわ。知ってるでしょ」

強がって唇を尖らせてみても、うまくごまかせていないのはわかっていた。彼を不安にさせて、自分までだまして、行き場のない関係に溺れていたいと願うこの恋はどれほど罪深いのだろう。

――こんなの、ただの自己陶酔なのに。

夢に酔いしれて、自らを哀れんで、本当の気持ちを口に出すこともできない意気地なしの言い訳だ。

彼を本当に愛しているならば、この手を離さなくてはならないことくらい、ロージーとてとっくに理解している。

「屋敷の敷地から一歩でも出てはダメだよ。外には悪い狼がたくさんいるんだから、きみみたいにかわいらしい女の子は、頭からばりばり食べられてしまう。――だから約束して、敷地内なら薔薇園だって本館のきみの部屋だって行っていい。今日は手首を縛ったりしない。だから、敷地の外には出ないで」

ロージーよりもずっと大人で、なんでもできる美しい兄が懇願する姿に、彼女はただ頷くしかできなかった。

彼女の返事を受けて、リオンが安堵の吐息を漏らす。

「良かった。じゃあ、きみが約束を忘れないようにもう一度愛させてもらうね」

「………………え？　ちょ、ちょっと、リオン!?」

寝台の上にはいつも甘くゆるやかな時間が流れていて、天蓋布が世界からふたりを隠してくれる。持ちよった愛情を決して言葉にできないまま、どうしようもないほど体も心も愛されて、朝の眩しい光が遠ざかった。

彼の律動だけが、ロージーの心と体の奥深くに刻み込まれる。

ピアノの蓋を閉めて、小さく息を吐いた。

久々の自由だというのに、なぜか心が晴れない。彼の不在が寂しくて、思っていたよりも自分がリオンに頼りきりだったのだと思い知らされる。

だが、悩んでばかりいたところで何も解決しない。時間は有限の砂粒だ。手のひらからこぼれ落ちたら、二度と戻ることはない。大切な一秒を無駄にするより、楽しく過ごしたほうがいいに決まっている。

――そういえば、薔薇園にもずっと行ってなかったわ。

テーブルの上には美しい花が飾られているけれど、バラの世話を人任せにして早数日。

ロージーは気持ちを切り替えて、中庭の薔薇園へ足を向けた。

散策路の石畳を鮮やかに彩るセイジの花を眺めながら、青空の下をのんびりと歩いていると心にたまった澱《おり》が清々しい空気に溶けていく気がする。

瀟洒な木造《きづく》りの扉を開けると、薔薇園の内部は太陽光を受けて暑いほどだった。胸に残る不安を追いやるほど、吸い込んだ空気は甘く濃厚な香りに満たされる。

手前の花壇にしゃがみこんだ、ロージーは、土の湿り気を確認しながら葉を一枚ずつ布で拭い、しばらく放置していたことをバラたちに詫びた。

「ごめんね、だけどわたしがいなくても大丈夫みたい。お屋敷の侍女たちは有能だし、これからも美しい花を咲かせて――」

過度に感傷的になるのはみっともないと知っていても、愛する兄が自分のために改築してくれた薔薇園の中ではもう心を抑えられなくなる。

どうして、と問いかけては、どうしても、と意地を張る毎日に疲れてしまった。

本当はずっとずっと、リオンに憧れていた。

もし願いが叶うならば、時間を止めたい――。本心からそう思っていたつもりが、それさえも嘘だったとロージーは気づいてしまう。

最後に残ったたったひとつの願いは、愛し愛されて彼のそばで生きること。

リオンの温度を知った今、かつての兄と妹の関係に戻りたいとは思えなくなってしまった。贅沢になるほど、自分を許せなくなる。高望みをする権利なんて持ちあわせていない。

それでもやはり、どうしてと心が悲鳴をあげた。

――どうして、わたしは彼と出会ってしまったんだろう。どうして妹でいられなかったんだろう。どうして……出会わなければよかったとさえ思えないんだろう。

そのすべての問いをねじふせるのは、唯一無二の愛情で。

いい、

どうしても――彼を愛さずにはいられない。

記憶のなかで、両親と兄と笑いあった幸せな時間はいつまでも輝いている。バークストン公爵としてのリオンの立場を考えれば、このまま彼の優しさに甘えているわけにいかないことはわかっていて――。

開け放した入り口から、遠く馬の嘶《いなな》きが聞こえた。涙ぐんだ目元を拭って、ロージーはさっと立ち上がる。客人の予定は聞いていない。だとすれば、リオンがもう帰ってきたのだろうか。

指先が土で汚れていたけれど、そんなことを気にかける余裕もなく彼女は駆け出した。残された時間が多くないなら、せめて一秒でも彼のそばにいたい。ドレスの裾をひらめかせ、ロージーは散策路を正門へと急ぐ。

馬車回しではなく、本館玄関前に停まった馬車から降りてきたのは、残念ながら望んだひとではなかった。

大人びた深い瑪瑙《アガット》色のドレスに、豊かなブルネット――。白くなめらかな背中をあらわにした従姉妹が、ロージーを見つけて眉をひそめる。

「ブリジット……」

「あら、あなたまだいたの？　本当に邪魔な人ね。公爵家の血なんて一滴も引いていないくせに」

ツンと顎を上げて、開口一番不躾な発言をするブリジットの背後で馬車が本館の裏手へと走りだした。

今日は叔母と一緒ではないらしく、二重で嫌味を言われずに済むのはありがたいが、それでも何をしに従姉妹が訪れたのかは不明だ。

しかし、今ならば叔母が縁談を持ち込んだところで以前と違って、容易に退けることも可能だった。なにしろ、ロージーは国王陛下から求婚されているのだから、一貴族夫人である叔母の命令に従ういわれはない。

「ねえ、あなたって本当に図々しいひとよね。いったいいつまでリオンの邪魔をするつもりなの？　あなたがいるせいで、彼ったらわたしとの婚約も渋るのよ。妹が幸せになるのを見届けるのは自分の義務だなんて言って」

細い踵《かかと》がコツコツと石畳に音を刻んで近づいてくる。ブリジットが、リオンとの婚約を望んでいるのはうすうす気づいていたが、兄が同様に思っているとは考えにくかった。

「お母さまがせっかく縁談を持ってきてあげても、リオンのかげに隠れて断っているんですって？　あなたには過ぎた話だというのに、身の程知らずって恐ろしいわよね」

従姉妹に対して苦手意識はあるけれど、だからといって無礼な物言いを見逃す必要はない。ロージーはキッとブリジットを睨みつけて、赤い唇を開いた。

「わたしはリオンの妹で、父と母の娘よ。たとえ血がつながっていなくたって家族は家族ですもの。あなたに文句を言われる筋合いは……」

いつもなら、おにいさまと呼んでいたリオンをこの数日の癖で名前で呼んでいたことにロージーは気づいていなかった。だが、敏感に彼女の変化を悟ったブリジットの表情がみるみるうちに強張っていく。

「……今、リオンって呼んだわね」

「え？」

「いつもはおにいさまって呼んでいたのに、どういうこと？　まさか、あなたたち……！」

ブリジットの言葉で、ロージーの顔面から血の気が引いた。

人間は慣れるいきものだ。習慣は体に馴染み、意識を変えてしまう。長年兄と慕い、おにいさまと呼んできた相手ですら、濃密な時間を過ごせば短期間で新たな関係性が心に刻まれる。

だからといって、人前でそれを知らしめるのがどれほど危険かを考えなかった自分の浅慮さに、ロージーは喉がひりつくほどの悔恨を覚えた。

「ち……違うの。それは、いつまでもおにいさまなんて呼んでいると子どもっぽいでしょう？　だから……」

うろたえながらの言い訳は、自分でも笑ってしまうほどに動揺がにじんだ声でブリジットをだませそうにない。

「穢らわしい……。やっぱり血は争えないわね」

「ブリジット！」

土のこびりついた指先を伸ばし、ロージーは従姉妹に向かって一歩近づく。しかし彼女の手を払いのけて、ブリジットが声を張り上げた。

「近寄らないで！　血がつながっていなくとも家族だと言ったのはどこの誰？　それとも下賤な生まれのあなたは、家族と寝るのも厭わないというの!?　あなた……リオンを穢したのよ。公爵家の血を引く純然たる貴族の彼を、家族として育った女を抱くような獣《けもの》に貶めたくせに、まだ言い訳をしようなんて厚顔無恥にも程があるわ！」

金切り声で叫ぶ従姉妹を前に、ロージーは自分の愚かさを悔やんだがもう遅い。別館でリオンとふたりきりで過ごした閉じられた世界は、あの場所にしか存在しなかったことを失念していた。

――そう、これが普通の反応だわ。ブリジットは何も間違ってない。だけど……。

血がつながっていようといまいと、自分はリオンの妹なのだ。それなのに、いけしゃあしゃあと彼を恋人のように勘違いしていた。みじめで不様で身の程知らずの自分が、彼を窮地に追い込んだ。

「母親も母親なら、娘も娘ということね。動物同様に、人の屋敷で勝手に子どもを産みすてた獣《けもの》の娘が、公爵に手を出すなんて！」

「違う！　そうじゃない！　わたしたちは本当に愛しあって……」

売り言葉に買い言葉で、つい本心を漏らしてしまってから口を噤んでも時すでに遅し。愛していると彼に言うことをあれほど拒んでいたのに、ブリジットに向かってそれをひけらかすなどあまりの愚挙で笑う気にすらなれない。

だが、本当にそうだろうか？

たしかに自分たちは兄妹として育ってきた。そのふたりが恋に落ちるのを、好ましく思わない人間が多いことはロージーとて予想できる。それでも、血がつながっていないということは神の教えにも背いていないのに、本当に誰にも許してもらえないのだろうか。

「開き直ったわね……！　でも世間はどう思うかしら。あなたたちが血はつながっていないと主張したって、証拠はあるの？」

意地悪く唇を歪ませて、ブリジットはロージーを馬鹿にしきった瞳で見つめていた。

「……ブリジット、わたしは……」

「言っておくけれど、私もお母さまも絶対に証言なんかしないわ！　そうなったら、リオンは血のつながった妹と禁忌を犯した罪を背負うことになるのよ。領地も爵位も没収されるでしょうね。すべて、あなたのせいで！」

――ああ、神さま！

教会は近親間の婚姻を禁じている。国の法律も同様であり、罪を犯した者は財産のすべてを奪われて罰を受けなければならない。

一瞬の激情で、彼の人生を狂わせる権利などロージーにはないのだから……。

心を落ち着けるために呼吸を整えてから、彼女は静かな声で従姉妹に語りかけた。

「……そんなことにはならない。わたしたちの間に何が起こったか、あなたが勝手に邪推しているだけよ、ブリジット」

けれど、女の勘がロージーの嘘を見抜いているのか、ブリジットは表情を緩めることなく険しい瞳でなおも怒りをあらわにする。

「許さないわ。リオンのことを自分のもののように、そんな口を利くあなたを許さない。リオンが私に振り向かないのは、邪魔なあなたがいつも彼にまとわりついていたからよ！

私に振り向いてくれないなら……いっそ、リオンからすべて奪ってやるんだから！」

涙を浮かべるほど怒り狂ったブリジットが、両手を伸ばしてロージーの肩をつかんだ。そして次の瞬間、その手が彼女の体を強く突き飛ばす。

「な……っ、きゃあッ！」

頭から倒れこむのを防ごうと手をついたせいで、石畳にしたたかに肘を打ちつけた。痛みに目の前がにじむ。細い腕に、赤い血の雫がつぅっとしたたり落ちた。

突然の出来事に、ロージーは立ち上がることもできず、脱げた靴をぼんやりと見つめていた。ブリジットの怒りはもっともだと思う気持ちと、どうしてわかってもらえないのだろうと悲しむ想いが胸に渦を巻く。

——当たり前ね。ブリジットが正しいんだわ。わたしは、リオンにとって災厄でしかない……。

石畳に落ちた靴は、踵が根本から折れていた。のろのろと起き上がって拾い上げたところに、ブリジットを乗せた馬車がやってくる。

いけない。このまま帰したら、きっと彼女は叔母にリオンとロージーの禁断の関係を告げるはずだ。そうなれば、ロージーには兄を守る手立てがなくなってしまう。

「待って、ブリジット！」

片方だけ裸足のまま、ロージーはしゃにむに馬車を追いかけて走りだした。途中でバランスを崩し、正門前で前のめりに転倒したけれど、残っていた靴も脱ぎ捨てて痛む足の裏も気に留めずに起き上がる。

「ブリジット！　お願い！　わたしの話を聞いて……！」

叫び声は悲鳴にも似ていた。悲痛な心をにじませる声が、いつの間にか灰色の雲に覆われた空へ溶けていく。

門を出て敷地外へ去っていく馬車を前に、リオンとの約束が脳裏をかすめた。決して敷地内から出てはいけないと彼は言った。しかし、今はそんな場合ではない。

なりふりかまわず馬車を追うロージーの頬に、ぽつりと水滴が落ちてくる。最初の一滴は涙だったか、それとも雨だったのか彼女にもわからなかった。

空が自分の想いを反映したように、突然冷たい雨で世界を覆い尽くす。濡れた土で足の裏が汚れ、何度も何度も転んではドレスも顔も髪もみじめったらしく汚れていく。

——生身で馬車に追いつけるはずがないなんて、本当は最初からわかっていたでしょう？　それでも追いかけることで、自分を許そうと思ったの？

自ら罰を与えることで、罪深い自分の存在を許そうだなんてただの甘えでしかなかった。

土砂降りの雨に打たれて、ロージーは両手で顔を覆う。喉がひりついて、声にならない悲鳴が体の内側を駆け巡る。

助けて、誰か。

わたしはどうなってもかまわないから、あのひとだけは汚さないで。

ごめんなさい、ごめんなさい、ごめんなさい。

——あなたを愛して、ごめんなさい……。


「まあ！　お嬢さま、どうなさったんですか！」

侍女頭のメリルが、屋敷に戻ったずぶぬれのロージーを見とがめて駆け寄ってくる。メリルを驚かせるにじゅうぶんなほど、彼女の格好はひどいものだった。

「雨に……濡れただけ……」

「お怪我もしているじゃありませんか。ユーリ、レフィーネ、入浴のしたくを。シンシア、救急箱と清潔な布と桶に水を汲んで持ってきて」

きびきびと侍女たちに指示を出す古株の侍女頭の声を聞きながら、ロージーはただぼんやりとエントランスホールの天井を見上げている。そこになにがあるわけでもないのに、視線を落としたら涙がこぼれてしまうから、上を向いていなくてはならない。

「さあ、こちらへ、お嬢さま」

「……ありがとう、メリル」

泥にまみれた、裸足の偽者公爵令嬢——。

情けないのは、結局誰かの手を借りなければ自分の始末すらできないことだ。こうしていつも誰かにすがって生きている。誰かの手をわずらわせて生きている。ブリジットは正しい。こんな自分が公爵家にいるのは害悪でしかないのだ。

肘の傷口を先に拭ってもらってから、準備のできた本館の浴室でロージーは心と体がばらばらになっていくのを感じていた。

願った未来は決して手に入らない。知っていたのに叶わぬ夢を見たのは、愚かなわたし。残酷な結末は、最初から決まっていたことでしかないというのに、それでもひどく胸を締めつける。

——大丈夫、わたしは大丈夫。こんな傷、痛くない。それよりもブリジットと叔母さまが事を大きくしないうちに手を打たなくては……。

† † †

夕食前だというのに、疲れ果てたロージーは入浴を済ませるとナイトドレスを着て擦り傷の手当をしてもらってから自分の寝室に戻った。食欲はない。今はただ、ひとりで静かに過ごしたかった。

寝台に腰を下ろすと、壁に立てかけた姿見に映る薄水色の瞳と目が合う。憔悴しきった表情は、なんとみじめな姿だろう。罪深い愛に堕ちて、そんな自分を正当化しようとした報い。覚悟はできていたけれど、リオンまでも同じ地獄に引きずり落とすわけにはいかなくて。

家族として、兄として暮らしてきた相手を愛したからには罰せられることを恐れはしない。たとえ彼にその想いを告げていなくとも、体は淫らに甘い夢を貪った。察しのいいリオンは、すでにロージーの秘めた想いに気づいている可能性も高い。

たとえリオンがどう思おうと、彼を失脚させる事態だけは防ぎたかった。もし激昂したブリジットが、あることないこと言いふらせばどうなるか、火を見るよりも明らかだ。彼女の言ったとおり、両親はすでに亡くなっているのだからロージーが養女であることを正式に証明できる人間はいない。

鏡に映る蒼白な頬を、涙が伝っていった。

湯上がりだというのに、震えて冷たい指先で顔に触れると熱い涙が手を濡らす。声をあげることもできない。嗚咽すら漏らすことなく、ただ涙だけがあふれてくる。

——わたしを家族として愛してくれたお父さまとお母さまの、本当の息子であるリオンから爵位や家を奪われるわけにはいかない。そうなったら、わたしは両親にも顔向けできないもの……。

この惨状を収捨できる人物を、ロージーはひとりだけ知っていた。彼の権力があれば、人の口に戸を立てることも可能に違いない。しかし、その力を借りるためにはリオンとの誓いを破る必要がある。そして、生涯秘密を抱えて生きていかなくてはいけない。

それでも——。

ロージーは、赤い唇にかすかな笑みを浮かべた。

いつだって、本当に守りたいものをいくつも抱えることはできない。人の腕はたった二本しかないのだ。その腕に抱きしめられる唯一無二の存在を、ただひとり守るためならばほかは諦めなくてはいけない。

——陛下と結婚すれば、ブリジットといえども迂闊な発言はできないわ。それに、リオン……おにいさまがわたしに執着することもなくなる。

王妃となったロージーを侮辱すれば、いくらブリジットであろうと自分の身の上に何が起こるかわからないほど馬鹿ではないはずだ。

危惧すべきは、すでにリオンの手によって純潔を奪われ、彼に感じて喘いだこの体を秘めたまま、国王との結婚を受け入れようとしている点に尽きる。

オリヴァーは、自ら望んだ花嫁がほかの男にその身を捧げたという事実を知ればどう思うだろうか。不安は感じるけれど、風変わりな若き王はロージーを愛しているわけではないとはっきり告げていた。ならば、花嫁が自分を愛さないことも想定しているのかもしれない。

残る問題は、公爵家の令嬢を后にと選んだ相手に、養女であることを知られることだ。だが、それは生涯胸に秘めておけばいい。噂が立つ程度は覚悟しておこう。誰がなんと言おうと、ロージーが認めなければ事実が明るみに出ることはない。

——地獄に落ちてもかまわない。どんな罰だって甘んじて受ける。リオンさえ守れるなら、それでいいわ。

頬を濡らした涙は、乾きかけていた。

鏡に映るうつろな瞳が生気を取り戻す。犯した罪の重さに気づかぬふりをして、笑えというならいくらでも笑ってみせる。強い決意を胸に、ロージーは夢の終わりを噛みしめた。短くて儚くて、思い出すだけで泣きたくなるほど幸福な時間に別れを告げて。

「……愛してる、リオン……」

自己犠牲は他者のためではなく、あくまでも自己のために遂行される。彼を守りたいと願うのも、彼に幸せでいてほしいと望むのも、すべて自分のわがままだとロージーは知っていた。

それでもいい。後ろ指をさされ、嘲られることも罵られることも厭わない。醜い自己愛の果てに思い込みの愛情を押しつけているのだとしても、何が間違っているというのか。選んだ道は茨《いばら》に彩られ、両手首どころか体中を薔薇の棘で傷つけられる未来。体の痛みなど、心を奪われる苦しみに比べればどうってことないとロージーは昏《くら》い笑みで自分を慰める。

本当の想いを口にすることもないまま、愛するひとにさよならを。

聖域に咲く薔薇に背を向けて、永遠の轍《わだち》を歩む決心をした彼女は、鏡に映る自分から目をそらした。

その瞳に映る愛情から——目をそらした。

侍女が手燭を持って寝室に明かりを運んできた数時間後、窓の外がとっぷりと夜の静寂《しじま》に包まれたころにリオンが帰宅した。

「ただいま、ロージー。遅くなってしまってごめんね。夕食もとらずに休んでいると聞いたけれど、ぼくがいなくて寂しかったのかい？」

寝台に腰を下ろし、彼は屈託のない笑顔を向ける。クラヴァットピンを抜き取って、襟元を緩める兄を見つめてロージーは寝台から上半身を起こした。

「おかしいな。おかえりって笑ってくれる約束だったはずなのに、それも忘れてしまうほど具合が悪いのかな」

外気で冷たくなった手が、そっと彼女の額に触れる。その腕に、胸にすがりついて泣きたくなる自分を叱咤し、ロージーはぎゅっと目を瞑った。

これ以上の茶番は不要だと、自分に言い聞かせる。夢を長引かせれば苦しむのはリオンであり、自分でもあるのだから。

「……リオン、大事な話があるの」

彼の手が額から頬へ伝い、唇を親指が優しく撫でた。

「ぼくもきみに話がある。きっと喜んでもらえると思うよ」

どこからともなく香ってくるバラの香り。この屋敷には、ロージーの愛するバラがいたるところに飾られている。もちろん、彼女の寝室にも居室にも。

「だけど先にきみの話を聞かせてもらいたい。どんな話だろう。ロージーはやっと、ぼくへの愛を告白してくれるのかな。そして、甘く愛らしい声で――」

すべてはリオンが侍女たちに命じて、そうさせていることだ。彼の作り上げた箱庭を出ていく決意をしたロージーには、大好きなバラの香りすら息苦しい。彼の愛を感じるほどに、心臓が止まりそうなほど胸が痛む。

「そうじゃない。そうじゃないの……。ごめんなさい、リオン」

それでもこの愛だけは譲れない。

目がくらむほどの愛情に包まれて、ロージーは兄を裏切る言葉を絞り出した。

「――いいえ、おにいさま……。わたし、陛下の求婚をお受けします」

ぴたりと動きを止めたリオンの手を、両手でつかんで上掛けに下ろした。

よほど急いで帰ってきたのか。彼の手はひどく冷えきっている。その手を温めてあげたいと思うことも、ロージーはもう自分に対して許さなかった。

「……どういうこと?」

聞いたこともないほど、低く冷め切った声が鼓膜を揺らす。怯えている暇はない。時間をかければ、それだけ離れがたくなる。彼の未来の危険が増す。

「これ以上あなたと一緒にはいられない。あなたはわたしの……大切なおにいさまなんですもの。だから、陛下のもとに嫁がせてください」

上掛けをぎゅっと握りしめ、愛するひとから目をそらしたまま、ロージーは震える唇でただひとつの希望を告げた。

しばしの沈黙に、息が詰まりそうになる。

だが、顔を上げることはできなかった。青紫の瞳に浮かぶ絶望など見たくはない。傷つけておきながら、その傷口を見ずにすまそうとする弱さに、自分の狡猾さを痛感する。

「……へえ、あんなことをしておいてまだぼくを兄だと言えるんだ。きみはどこまでも愚かで愛しい人だね、ローズマリー」

大きな手が、彼女の髪を一房《ひとふさ》つかむと人差し指にくるりと巻きつけた。手入れの行き届いた繊細な指先に絡む赤毛が、彼にすがりつきたい自分の心の顕現に思えて、ロージーは寝台の上で体をよじった。

「もう、そんなふうに触れるのもやめてほしいの」

彼が座る側と反対の窓に向けて、敷布の上に膝立ちになり、彼女は長い髪を両手で左肩に寄せる。背後でリオンがどんな顔をしているのか、考えてはいけない。

――これが、最良の方法なのだから。

「二度とそんなことを言えなくなるまで体に教えこんであげるしかないのかな。それとも、自由を奪ってまた別館にふたりきりでこもろうか。手首を縛るだけじゃ足りないなら、その目を覆って耳を塞いで、ぼくを感じる以外何もできなくするのもいいね」

ぞくりと背筋が粟立つような、感情のはかれない声が聞こえた。平坦な口調が、いっそう彼の怒りを示している気がして、ロージーは逃げるように寝台に四つん這いになって彼から距離を取ろうとする。

「ねえ、ぼくだけの愛しいローズマリー？　きみは誓ったはずだよね。誓いを立てた男に向かって、ほかの男と結婚するなんて言う唇はどうやって塞いであげようか……？」

唐突にこみ上げる恐怖と、彼の手から伝わる狂気を感じてロージーは泣きそうな声をあげた。

「いや！　もういやなの！　離して！」

逃がすつもりなどないと雄弁に語る指が、痛いほど肌に食い込む。

白い足首を、冷たい手がつかんだ。

「や……ッ」

しかし、足首をつかんだリオンはぎしりと寝台を軋ませて敷布の上に乗り上げる。もう一方の足のふくらはぎに手がかかり、気づけばロージーは兄の前に腰を突き出す格好を取らされていた。

「言ったでしょう。敷地から一歩でも出てはいけないと。ぼくが知らないと思ったのかな。帰ってすぐにメリルから報告を受けたよ。あちこち擦りむいて傷だらけになっていたことも聞いてる。ねえ、ロージー。ぼくはきみのことなら、なんだって知ってるんだ。きみが知らないことだってね……」

冷淡な声と裏腹に、乱暴な指先がナイトドレスをめくり上げる。内腿から腰を覆っていた下着が、悲鳴をあげるより早く引きずり下ろされた。膝にたぐまるやわらかな布の感触と、まだ濡れてもいない秘処に注がれる視線。

「お、おにいさま、やめて……」

「うん、いいよ。きみがいい子にして、ぼくを拒まないならやめてあげる。だから、それまで——ぼくの心が静まるまでの間、おとなしく抱かれていなさい」

やわらかな間《あわい》に、ひんやりとした指が割り込んでくる。いつもなら、リオンはロージーに命令する物言いを好まない。彼女の意向を確認するような疑問形で話しかけるのが常の兄が、とても静かな声音で告げた言葉に身がすくんだ。

「……濡れてないから少し痛いかもしれないけど、我慢できるね……？」

背後で衣服をくつろげる衣擦れの音がして、敷布をぎゅっと握りしめるロージーの足の間に指と異なる熱い昂ぶりがあてがわれた。

「や……やめて……」

か細く消えそうな声で懇願しても、合わせ目を先端で擦る彼の楔が遠ざかることはない。それどころか、リオンは片手で無垢な花びらを左右に割り、中心に切っ先をめり込ませた。

「……痛……っ……！　あ、ぁ……ッ」

初めての夜に優るとも劣らない鈍痛が、ロージーの腰をびくりと震わせる。兄の劣情に内側から身を灼《や》かれて、知らず薄水色の瞳に涙がにじんでいた。

「は……、痛いと言いながら、きみのここはぼくを受け入れてひくついているよ。ロージー、どうしてこんなにいやらしく腰を揺らすくせに、泣き声をあげたりするのかな。それとも、もっと奥まで突いてほしくておねだりしてるのかい？」

「ちが……ぁ……っ！」

ぎちぎちと締めつける狭隘な粘膜を押し開き、剛直が彼女を突き上げる。最奥までねじ込まれた灼熱の楔にすがりつく柔襞が、痛みと共にあえかな疼きを感じてしまう。

「お願い……。もう、わたしのなかに入ってこな……で……」

——体も心も、あなたに貫かれてしまった。

初めてはいつだって、すべてリオンのものだ。恋もキスも、その先も。

濡らされることもなく彼を埋め込まれて、ロージーは涙をこぼす。

欲望に貫かれて、彼の思うがままに犯されても感じる淫蕩な体が憎い。どれほど決意を固めても、心までかき乱すリオンの杭の前にはひとたまりもないなんて、これでは彼を突き放すこともままならないではないか。

「ああ、やっぱりきみはこうされたかったんだ。膣内《なか》が熱くなってきたよ。わかる？　ほら……」

ず、ずずっと蜜口をめくり上げるようにして、リオンがゆっくりと抽挿を繰り返す。次第に彼の雄芯が潤いをまとっていくのがロージーにも感じられた。彼を濡らしているのが自分の媚蜜だということも……。

「い……、痛いだけよ……。こんな、乱暴にしないで……」

「なんて純粋で、愚直な言葉だろうね。ローズマリー、きみが逃げるほどにぼくはおかしくなるんだ。この体でつなぎとめて、逃げられないように愛情を注ぐしか方法がないと思わせるのは、いつだってきみじゃないか。ねえ？」

激しく擦り上げられる蜜路とは別に、胸がじくじくと痛みを訴える。

どうして、と問いかける妹に、彼はどうしても、と答えるのだろう。

どうしても、どんな手を使っても、きみを手放すつもりはない——。

夢から覚めてもまだ続く淫夢に、ロージーの体は熱を帯びていく。愛するひとの愛欲で擦られるたび、心がじゅわりと愛をこぼす。

「きみが逃げるなら、地の果てまでも追いかける。ぼくを捨てるつもりなら、殺せばいい。きみだけを求めるこの心をナイフで一突きにしてよ。だけど、死んだくらいでロージーへの愛情が消えるなんて思わないで。ぼくが消えても、きみが消えても、この想いだけは消えないから……」

細腰を両手でつかみ、リオンは激しく腰を打ちつけた。

抉られているのは体などではなく、むき出しの心。愛に震えて、愛に怯えて、愛にひたすらな弱い心を貫いて、彼の情欲はひどく高ぶっていた。

「……っ、は……、ぁ、あ、あぅ……ッ」

「ロージー、愛してるよ。ねえ、ぼくから逃げるくらいなら、いっそ殺して……」

潤滑にリオンを受け入れはじめた愛らしい蜜口が、激しい律動に応えてきゅんとすぼまる。締めつければいっそう彼の力強さを感じ、媚襞がはしたなく蠢く。

——ダメ、感じちゃダメなの……！

心を裏切る快楽に、ロージーはぎゅっと閉じた眦《まなじり》から涙をこぼした。

「殺してくれないなら、離れないで。そばにいてくれ」

ひときわ強く、大きな動きで彼が先端を最奥に突き立てる。慣れない粘膜がリオンの熱をぎゅっと引き絞り、愛情を搾取しようと蠕動を見せた。

「ぁ……、あ、ぁ、ダメ……ぇ……っ」

いつもより激しい行為のせいか、彼の淫杭は早くも切っ先をぶるりと震わせる。

「まるでもう一度、きみの初めてを奪っているみたいだ。ねえ、痛い……？　無理やりひらかれて、ロージーの膣内《なか》が怯えたように痙攣しているよ……」

乱暴にこじ開けられた淫悦の扉。

けれど彼を受け入れた蜜襞は、甘く濡れて打ち震えるばかりだ。最奥まで穿たれて、感じる痛みは疼痛でしかない。

「やぁ……、んぅ、……ぁ……っ……」

返事をしないロージーにお仕置きをするごとく、しなやかな指先があられもなく屹立した花芽をつまんだ。

「ひ……っ……」

縒りあわされた快楽の糸が、その一点に引き絞られる。逃げようと腰を揺らせば、なおさら彼の劣情を食い締めることになる。

甘濡れの媚壁が腫れて膨らみ、ロージーの淫路は初めてのときと同じか、それ以上に狭まっていた。狭隘な空洞を擦り上げる猛熱と、彼を締めつけて淫らな涙を滴らせる蜜口が、寝台の上で愛を奏でる。

「っ、は……、もう我慢できない。ああ、ロージー、ぼくのローズマリー。出すよ、全部……、受け止めて……」

「ん、んん……っ、ダメぇ……！　や、ぁ……、おねが……ぁぁ、ぁ……っ」

ロージー自身も知らない蜜洞の最奥――。

張り詰めた切っ先で子宮口を斜めに押し上げ、リオンの愛熱がびゅくびゅくと迸った。

「ゃ……、抜いて、おにいさま……、ぁ、ぁ――」

せめて達するのだけは堪えたいと思っていたのに、無意識におにいさまと呼んだ唇に呼応していたいけな濡襞が収斂する。白濁の熱液を心の底まで注がれながら、ロージーは背をのけぞらせ、敷布に爪を食い込ませる。

「そう、いい子だね。ああ……、こんなにぼくを締めつけて、もっと出してほしいのかい？」

「…………ひどい、そ、んな……」

ぐったりと敷布に頬をつけるロージーの髪を撫でながらも、リオンはまだ情熱の残滓を吐き出していた。それどころか、終わると思った行為が――再開された。

「ひ……、ゃ……っ！　どうして……!?」

いつもなら、彼が達したあとは抜いてもらえる。だが今日のリオンは、まだ猛々しく漲ったままだ。

「足りないんだ。もっと……、もっときみを感じさせてよ。いいでしょう？　だってロージーは、ぼくに誓ってくれたはずなんだから……」

繰り返す淫靡な快楽は、漣《さざなみ》のように寄せては引き、引いては寄せる。

終わらない夢など、どこにもないというのに。

夢の終わりを拒絶するリオンは、明け方まで彼女を眠らせることなく何度も精を放ち、しどけなく寝台に横たわるロージーは、泣きながら愛の波にさらわれる。

「…………おにぃ……さま……ぁ……」

愛していると言えれば、何かが変わったのかもしれない。けれど彼女は選んでしまった。

一途な愛情に殉じる未来を――。

第五章　罪深いほど愛してる

「ロージー、あまり遠くまで行っては駄目よ。迷子になったら大変ですからね」

「はぁい、おかあさま」

　美しい湖の畔《ほとり》で、幼いロージーはエプロンドレスの裾を翻《ひるがえ》して走りまわる。あっちには見たことのない花が咲いていて、こっちには名前も知らない小鳥が木の枝にとまっていて
――。

「ローズマリーは本当に自然が好きだな。先日まで風邪で寝込んでいたとは思えないほど元気じゃないか」

「もう、あなたったら。ロージーは女の子なんですから、お転婆《てんば》が過ぎるとお嫁のもらい手が見つからなくなってしまいますわ」

「かまわんよ。あんなにかわいい娘を手放すなど、考えたくもない」

「まあ！」

両親が楽しそうに笑いあう姿を遠目に、ロージーは下草をかき分けて小さな蛙を追いかけていた。

——あれは……たしか、家族みんなで出かけたとき……。

水辺にいるとばかり思っていたいきものが草地を飛び跳ねるのが興味深くて、ついつい深追いした結果、ロージーは見事に迷子と成り果てた。母の言うことを聞いて、おとなしく湖畔で遊んでいればよかったものをと後悔しても後の祭りだ。

「うぇ……、ええええん、おにいさまぁ、おかあさまぁ……」

背の高い木々に囲まれ、空は葉の合間に見えるばかり。自分がどこにいるのかもわからなくなり、泣きじゃくって闇雲に歩きまわるが湖へ戻る道は見当たらない。

このまま二度と両親にも兄にも会えなかったらどうしよう。そう思ったとき、背の高さほどもある草むらががさがさと揺れた。

「……ロージー？　ああ、良かった。やっと見つけた」

「おにいさま！」

光を浴びて、麗しい金髪がさらさらと風になびく。両腕を広げた兄の胸に飛び込み、ひとりぼっちの不安に怯えていたロージーは、リオンの衣服が濡れるのもかまわず顔をこすりつけた。

「怖かった、ひとりぼっちになってしまうかと思ったの……」

「もう大丈夫だよ。泣かないで」

優しく髪を撫でる手に。

小さな体を抱いてあやす腕に。

得も言われぬ安心感を覚えて、ますます彼女は涙が止まらなくなる。

「かわいいロージー、そんなに泣いたら目が溶けてしまうよ」

「だって、だって、だって……」

くいっと顎を上げさせると、リオンは青紫の瞳に優しい光をたたえて妹を覗きこんだ。

「いつだって、ぼくが見つけ出してあげる。だから心配しなくていいよ。ロージーのことは、どこにいたって必ず守ってあげるから」

「……ほんとに?」

「本当だよ」

大好きな兄の腕に抱かれて、ロージーは満面の笑みを浮かべた。

「じゃあ、わたしが大きくなったら、おにいさまのお嫁さんにしてくれる?」

「え……?」

「だって、結婚するとずっとずーっと一緒にいられるんでしょ? ロージーね、おにいさまと一緒にいたいの。ダメ?」

やわらかなカールを描く赤毛が、ふわりと揺れる。一瞬戸惑いに目を瞠ったリオンが、次の瞬間世にも美しい笑顔を見せた。

「ありがとう、ロージー。その約束を大人になっても忘れないでいてくれる?」

「うん、忘れない。ずっとずっとおにいさまだけがだーいすき！」

――おにいさまだけが、ずっと大好き……。

永遠の意味も知らずに、彼女は何度もそう繰り返した。

幸福な記憶は、今も胸に残っている。

消えない心と、鮮やかな光。


チチチ、と窓の外で小鳥が囀《さえず》る。

肌寒さを感じて、ロージーは寝台の上で寝返りを打った。体中が重く、腰が気怠い。まだ何かが自分を貫いているような気がして――。

「……え……？」

奇妙な身体感覚に、どきりとして目を開けるとそこは見慣れた寝室の馴染んだ寝台だった。開け放たれたカーテンから、明るい光が白い天蓋布を輝かせている。

――もう朝なの？　わたし、どうして……。

体を起こすと肌寒さも当然で、彼女は裸身で眠っていたらしい。とろりと足の間からあたたかな液体が滴《したた》る。その淫靡な快楽の残滓が、昨晩から明け方にかけての行為をまざまざと脳裏に蘇らせた。

頬が勝手に赤くなる。蜜口からあふれてきたのは、リオンが放った白い情熱に違いない。今さら慌てても遅いと知りながら、それでもロージーは足をぎゅっと閉じ合わせた。

そのとき、寝室の扉が小さく音を立てて開く。ぱっと顔を上げると、視線の先にいつもと変わらないリオンの笑顔があった。

「おはよう、ロージー。まだ眠そうな顔だね。でもそろそろ起きないといけないよ」

「……おにいさま……」

夢の残り香が、まだ鼻先をくすぐる。

ロージーが上掛けで体を隠すと、リオンが小さく肩をすくめた。

「ふふ、その呼び方、本当に好きだね。さあ、いつまでも夜の余韻にひたっている暇はない。陛下のところに伺うなら、準備をして出かけなくてはね」

軽やかな口調に、落ち着いた表情。

今朝方まで決して許さないと狂気のままにロージーを犯した男は、かつての優しく慈愛に満ちた兄の顔をしている。

——どうして突然、許してくれる気になったの……？

オリヴァーの求婚を受ける以外、リオンを守る術《すべ》はないと思っていた。事実、今でもロージーはそうしようと考えている。

しかし、あまりに突然な彼の変貌に心が追いつかない。

「こら、いつまでぼんやりしているのかな。メリルが浴室の準備をしてくれたよ。今日はうんと着飾って行こう。特別なドレスを用意してあるから、体を清めておいで」

「わかったわ。ありがとう、おにいさま」

寝台の下に落ちていたナイトドレスを拾い上げ、手早く身につける。ガウンを羽織ったころには、リオンの姿は見当たらなくなっていた。

あれほど執着を見せた彼が、手のひらを返したようにロージーから離れていく。

自ら望んだ台本どおりの現実だというのに、寂しさでうつむいてしまいたくなる。なんてわがままで、なんて身勝手なのだろう。

彼の手を振り払ったのはロージーのほうだというのに。

「……でも、何かヘン……」

腑に落ちない気持ちはあるものの、ロージーは居室につながる扉をくぐった。もうこれ以上、余計なことを考えるのはやめよう。

違和感なんて、気のせいだ。大切なのはリオン・アディンセルの未来を守りきること。

内腿をきゅっと締めていないと、ともすれば足の間からみだりがましい白濁の証液がこぼれてきてしまう。浴室まで気をつけて歩かなくては——。

こんな悩みも今日が最後だと知っている。

王宮へ出向き、国王陛下の求婚を受ける旨を告げれば、二度とリオンに抱かれることもない。あとは間違っても兄の子を身ごもっていないよう祈るばかりだ。

ロージーが浴室で侍女の手伝いを断り、誰にも見られていないというのに赤面しながら、ひとり入念に体を洗ったのは言うまでもない。

謁見の間に敷かれた赤い絨毯は毛足が長くふかふかで、ごくわずかな距離を歩くだけでも足元が不安定な気持ちになる。

† † †

「大丈夫？　この絨毯はとても上質だけど、華奢な靴を履いている女性には歩きにくいよね」

リオンはさりげなく、ロージーの腰に手を回した。いつも優しく見守ってくれる兄の最愛の妹として、誰からも羨望の眼差しを向けられるのには慣れている。だが、今のふたりは本当にただの兄妹に見えるのだろうか。

「大丈夫よ。おにいさまったら、心配性なんだから」

わざと入り口に立つ衛兵たちに聞こえるよう、ロージーは大きな声でリオンを拒む。彼の目にひそかな陰がよぎったのを知っていても、今はこうするしかない。以前と同様に、理想の兄と妹を演じることでロージーは胸に残るリオンへの未練を断ち切ろうとしていた。

緊張はあるけれど、もう不安はない。

もとより仲の良い兄妹なのだから、かつての関係に戻れるならばそれでいいとさえ思う。あとはオリヴァーの気が変わっていなければ——。

「おい、この俺を突然呼び出すとはずいぶんではないか。リオン、それなりの覚悟はできているのだろうな！」

先刻、ロージーが足元のおぼつかなさを覚えた絨毯を、苛立ちながら踏みにじって歩いてきた国王陛下が声を荒《あら》らげた。相変わらずなんとも独特な為政者だが、彼こそが救いの神になってくれる存在だ。

「陛下は最近、朝が遅いと聞いております。私が補佐に伺えないからといって、執務をぞんざいにしていらっしゃるわけではないでしょうね？」

得も言われぬ微笑を浮かべ、ぐうの音も出ないオリヴァーを見上げるリオンの余裕に、むしろロージーが心配になってくる。

まさか、オリヴァーの機嫌を損ねて縁談を白紙に戻す気なのだろうか。

おそるおそる顔を上げたロージーの目に、オリヴァーの隣にたたずむ親友の姿が目に入った。前回と同じ謁見の間、だからといって前回同様にエルシーまで同席するとは思いもよらなかったが、なにゆえ彼女はこの場にいるのだろう。まさか、ロージーが来ることをリオンから聞いていたとも思えない。

「エルシー？　どうしてここに……」

小柄な親友は、大きなすみれ色の瞳に今まで見たことのないはにかみの色を宿らせ、何かを言いかけてもじもじと手を組み合わせる。

いったい何があったのだろう。状況を理解できないながらも、ロージーは白く光沢あるドレスの裾を軽く持ち上げた。

「陛下、今日は急にお伺いいたしまして申し訳ありません」

玉座にどっかと座ったオリヴァーと、その隣に立つエルシーに向かって丁寧な会釈をする。長年母の看病で屋敷に閉じこもっていたとはいえ、ロージーは公爵家の令嬢としての教育を受けてきている。国内有数のバークストン公爵家の出ならば、礼儀作法は完璧を求められるのが当然だ。

「……フン、妹のほうが兄より多少はまともなようだな。それで？　まだ約束の一ヶ月は経っていないはずだが、なんの用だ？」

自分で求婚しておいて、相手が訪ねてきたことを厄介そうにあしらうとはいかに国王といえどもあまりな態度に思える。まあ、そんなことをいちいち指摘して、彼の気分を害する必要もあるまい。

――用なら決まっているわ。さあ、ローズマリー・アディンセル、一世一代の舞台でへまをしちゃダメよ。

小さく息を吸って、愛するひとの未来を守る道に踏み出そうとした彼女の隣から、思いもよらない声が聞こえてきた。

「もちろん、婚約の許可をいただきにきたんですよ、陛下」

「な……っ⁉」

おとなしくロージーを見守っていてくれるのだとばかり思っていたリオンが、この場にきて反旗を翻《ひるがえ》す。

呆気にとられたロージーは、麗しい兄を見つめて息を呑んだ。

——だからわたしを止めなかったの!?

オリヴァーの求婚に応じると言い出したときはあんなに怒っていたくせに、朝になってからのリオンはかつての優しい兄に戻った様子だった。しかし、すべてはこのためだったのか。

彼は、ロージーがオリヴァーとの結婚を承諾するより先に、自分こそが彼女の婚約者となることを告げようとしている。なんなら妹の純潔を奪って、その手で女にしたことさえ言い出しかねない。そうなれば、ロージーに打つ手はなくなってしまう。

顔面蒼白になり、必死で打開策を案ずる彼女をよそに、オリヴァーはまたしてもフンと鼻を鳴らした。

「リオン、先走ったな。おまえの妹は同意しているように見えんぞ」

「何をおっしゃいますか。陛下は目が曇っていらっしゃる。ロージーは喜びのあまり、言葉を失っているだけですよ。さあ、どうぞぼくと愛しい恋人に婚約の許可を」

誰の前でも穏やかで優しく、相手の心を奪う麗しの公爵であるはずの兄が、国王相手にありえない態度をとるのを見て、ロージーは彼らの会話の内容がどこかおかしいことにも気づけないまま、ぱちぱちと長い睫毛を瞬《しばたた》いた。

「あの～、ちょっと話がわからないんですけど、ロージーが婚約する相手って……?」

小さく右手を挙げて、困惑の表情を浮かべたエルシーがオリヴァーに首を傾げる。言われてみれば、なぜ先ほどのリオンの発言だけでオリヴァーが相手を問わずに返事をしているのか不思議だ。いや、むしろ彼はリオンとロージーの関係を把握しているような返答をしている気がしてきた。

──まさか、そんなわけないわ。だって、わたしのことを公爵家の娘だと、おにいさまの妹だと思っているからこそ求婚してくれたはずですもの。

「もちろん、ロージーが婚約するのも結婚するのもぼく以外ありえないよ。エルシー嬢には、ぜひ結婚式にも来ていただきたいね、ロージー？」

やわらかな金髪を揺らし、リオンがふわりと微笑む。ああ、言ってしまった。これでもう言い逃れはできない。というか、結婚式の話まで始めるとは、彼は本気なのだろうか。

「えっ⁉ だ、だって、リオンさまとロージーは兄妹なのに、婚約だなんておかしいじゃありませんか」

いつものふんわりおっとりしたエルシーは鳴りを潜めて、狼狽のあまり訳を聞こうと勢い込んで目を瞠る。親友のこんな姿を見るのは、ロージーとて初めてかもしれない。

だがエルシーが驚くのも当然だ。逆に、平然としているオリヴァーの態度こそがおかしい。やはり彼はすべてを知っていたのか。だとしても、ロージーが公爵家の血を引いていない事実を知っていることと、リオンとの関係を知っていることとは別問題だ。

「エルシー、あのね、えっと、それは……」

しどろもどろになって取り繕おうとするロージーを無視して、オリヴァーが平然と口を開いた。

「そのふたりに血のつながりなどない。互いにずっとそのことを知っていたのだ。だから兄妹とはいっても、ただの男女が共に暮らしていたようなものだ」

言い得て妙だが、事実とは少々異なる認識だと異論を唱えたい。オリヴァーの言い方では、やけに生々しく聞こえる。

ロージーとリオンに血縁がないことを知りながら求婚してくれたオリヴァーだからこそ、彼との縁談を進めれば兄の名誉を守ってくれたのかもしれない。その機会をみすみす逃してしまったのは、自分の失策だった。

――でも、リオンがいきなりあんなことを言い出すなんて思ってもいなかったし……。

ため息をつこうとして吸い込んだ息が、鼻の奥をじんと熱くする。視界がにじんでいるのはどうしてだろう。ロージーはうつむいて、そっと目頭を指で拭った。

ずっと、誰にも本当のことを言えなかった。

兄であるリオンに禁断の愛情を抱き、彼から愛をささやかれても受け入れられず、ただ体だけを捧げる日々。天国と地獄を行きつ戻りつしながらの綱渡りは、今やっと終わったのだ。

誰にも言えない。言ってはいけない――。

最愛のリオンにさえ心を偽ってきたロージーは、ある種の安堵を覚えている自分に苦笑した。

――バカね、わたしったら。秘密を共有することで、誰かに慰めてもらいたかったのかしら。それとも叱ってもらいたかったのかもしれない。

きつく閉ざしていた心の扉が、強引にこじ開けられてしまった。そのことに対して不安も感じているのに、すべてが明るみに出て泣きたいくらいにほっとしている。

うつむいたままのロージーのもとに、エルシーがぱたぱたと駆け寄ってきた。

「ねえ、ほんとなの？　ロージーったら、どうして今まで教えてくれなかったのよ！」

「エルシー……」

親友は白磁の頬を赤くして、いつもは下がった目尻をキッとつり上げている。やはり彼女も、禁断の関係を結んでしまった自分を不潔だと思うのだろうか。

そんなロージーの懸念を、エルシーは一瞬で吹き飛ばした。

「水くさい！　あなたのことだから、いろいろ気に病んでいたに決まってるわ。勝ち気なふりばかりで、本当はいつも周りに気を遣ってばかりのくせに……。こんなときくらい、わたしに相談してくれてもいいじゃない」

真実を告げなかったことを責める口ぶりにも聞こえるが、エルシーのすみれ色の瞳には優しさと涙が浮かんでいる。こんなにも自分を心配してくれる親友にさえ、ずっと言えなかった。その理由なら、ロージー自身が誰よりよく知っている。

リオンのことを兄としてではなく、ひとりの男性としてずっと想ってきた負い目のせいで、彼と家族であり続けたいと心を歪めてきたのだ。

「ごめんね、エルシー。ずっと言えなくて……」

「もう、どうして謝るの。怒ってるわけじゃないわよ。それにわたしだって、ロージーに言えなかったことはあるんですもの」

手を取り合うふたりの少女を横目に、オリヴァーが玉座にふんぞりかえった。
「さて、リオン。どうやらこの勝負は俺の勝ちのようだな」

彼はリオンを見据えると、満足しきった表情で黒い瞳を細める。しかしリオンもリオンで、形良い唇に薄く笑みを浮かべている。
「ご冗談を。陛下こそ、エルシー嬢に愛を受け入れてもらったようには見えませんよ。どうせロージーへの求婚を取りやめてほしければ代わりになれと言って、ひっぱたかれでもしたのでしょう？」
「うっ、うるさい！　たしかにそうは言ったが、すでに愛は成就したあとだ！」

ふたりの会話からだけでは、事態がまったく把握できない。だが、なんらかの画策がロージーの知らないところで行われていたことは間違いなさそうで……。
「おにいさま……？　これは、どういうことなのか説明してほしいんだけど」

瞠目して唇をわななかせる彼女に向き直ると、リオンは右手を伸ばして白い頬を愛しげに撫でる。
「ああ、鳩が豆鉄砲をくったような顔をしているきみもかわいいよ、ロージー」

なんの説明にもなっていないが、その青紫の瞳を見るだけでわかることもあった。たとえどんな策を弄《ろう》していたとしても、彼の愛情に嘘偽りはない。いや、それはむしろわかることというよりは信じたいことに近いかもしれないが……。

「相変わらずの真性執着気質だな。おい、妹。おまえは本当にその男でいいのか？　今ならまだ、俺を勝者にすることもできるのだぞ」

なんら説明する気などなさそうなオリヴァーが長い足を組み直した。ひどい言い草だが、執着気質というのはリオンを指して言ったことらしい。つまり、それは――。

「さて、どこから話そうか。とりあえず事の発端は、バラクロフ伯爵の舞踏会だね。まあ、それ以前からぼくは陛下のエルシー嬢への執心ぶりは存じていたし、陛下はぼくのロージーへの純然たる愛情を知っていたわけだけど――」


リオンの語ったことによれば――。

王立学院時代からの悪友であるふたりは、共に叶わぬ恋に身を焦がしていた。どちらも当代切っての美貌と権力を兼ね備えながら、想い人ひとり振り向かせることができなかったと言う。

無論、言うまでもないがリオンの想う相手はロージーであり、オリヴァーの想う相手はエルシーだった。

しかも叶わぬ恋という事実をまったく受け入れないふたりの男性は、双方「彼女は本当は自分を愛しているけれど、その感情を認められないだけだ」と常日頃から言い合っていたらしい。国王の執務を補佐するという名目で、リオンが毎日王宮に足を運びながら、そんな話に明け暮れていたとは思いたくないが。

「は、リオンはどうしようもない妹病だからな。おまえと同じように相手が想ってくれているとは限らんぞ？」

「陛下こそ、そろそろ現実を直視されてはいかがですか？　エルシー嬢ははっきりおっしゃっているのでしょう。陛下などまったく好みではないと」

「なんだと!?　あれはエルシーなりの照れ隠しに決まっているだろうが！」

「それを言うなら、ロージーとて同じです。常識的な彼女は、自分の心に素直になれないだけですから」

そして、ふたりは偶然にもバラクロフ伯爵家の舞踏会で遭遇し、互いの恋が成就するためにひとつの策を練った。それぞれの想う女性を振り向かせるため、一芝居打つ計画を立てたのだ。それこそが、オリヴァーによるロージーへの求婚だった。

オリヴァーがほかの女性、しかもエルシーの親友であるロージーに求婚することで、エルシーが自身の本当の愛情に気づくことを促す。さらに、オリヴァーから求婚されたところで公爵家の血を引いていないことを引け目に感じたロージーが、なんとかしてほかの男性と婚約する気になるよう仕向ける。

国王と公爵は、どちらも自分の想う女性を振り向かせる自信を持っていた。単にきっかけがなくて、相手が素直になれないだけだと信じていたのだ。

あまつさえ、ふたりはどちらが先に想い人の心を振り向かせるかを賭けの対象にしていたという。

「な……なんで、そんな……」

すべてを知ったロージーは、わなわなと唇を震わせた。

――それが本当なら、舞踏会以来悩んできたわたしの気持ちはどうなるの!?

「だってロージーはそうでもしないと、きっとぼくの気持ちを信じてさえくれなかったよね。きみって素直でいい子だけど、ちょっと無自覚すぎるところがあるから」

悪びれるどころか謝罪の気配すらなく、リオンは彼女の頭を撫でる。この局面で、やっとロージーは理解した。天使の微笑みを浮かべていた兄は、その裏に彼女の思いもつかないような腹黒さを隠していたのだと。

目に見えることがすべてではない。

十七年もの間そばにいたというのに、ロージーはずっとリオンのことを、ひたすらに心清く優しい男性だと信じていたのだから。

「じゃあ、陛下がわたしに親友を救いたいなら身代わりに結婚するしかないと脅迫したのも……?」

一方、エルシーも当惑の声をあげる。当たり前だ。彼女の身に起こった詳細をロージーは知る由もないが、自分同様にふたりの男性の策にはめられていたのに違いない。

「脅迫などしてはいないだろうが。俺はおまえと結婚したかっただけだ。方法など二の次でしかない。それにおまえも俺のことを最愛の男だと認めたのだから、今さらどうでもいいことではないか」

「う〜ん、それはそうですけど、なんだか腑に落ちないというか……」

釈然としない様子ながらも、エルシーは心底怒っているわけではないらしい。つまり、彼女も今回の件で本心に気づいて幸福を手に入れたということだ。

親友の幸福は喜ばしい。

けれど、ロージーは素直に現状を受け入れられない事情を抱えていた。

ロージーが養女であるということを証明する手立てがない以上、教会に申し立てをしてもリオンと結婚するどころか恋愛関係にあると人様に知られるのも憚られる。

たとえ国王であるオリヴァーが認めても、叔母がロージーの出生について虚偽を述べればどうにもなるまい。なにしろ、彼女が生まれたときにリオンはまだ七歳だったのだ。当時すでに成人していた叔母と、幼い少年だったリオンのどちらの証言を教会が信じるかは言うに及ばずだ。

「エルシーと陛下にはおめでとうを言わせてください。ですが、わたしは……そうは参りません。わたしが本当に養女だということを証明する手立てはどこにもないんです」

大団円の空気に包まれた謁見の間で、ロージーはうつむいて唇を噛んだ。

どれほどリオンを愛したところで、結ばれることは許されない。だからこそ彼女は悩んでいたというのに、その事実にリオン自身が気づいていないだなんてお笑い種だ。

「ああ、なんだ。そんなことを気にしていたの？　もしかして、ブリジットが屋敷に来たのはそんなくだらないことを言うためだったたってこと？」

しかし、当のリオンはまったく何も意に介さない様子で問いかけてくる。

「く、くだらないって、リオン!?」

いくら彼が将来を嘱望された若き公爵だろうと、国王の悪友もしくは親友だろうと、どうにもならないことがあると気づかないものだろうか。

彼女の懸念をよそに、リオンは何かを考える様子で口元に人差し指をあてた。

「あのね、昨日出かけていたのは視察なんてウソだよ。陛下に頼んできみの本当の父親を見つけてもらったんだ。だから一緒に行こうって言ったのに、断ったのはロージーじゃないか」

——本当の……父親……？

たしかにロージーの実母は、バークストン公爵家で侍女として働いていた女性だと判明しているが、父親については定かではなかった。その父が、彼女を娘だと認めてくれれば状況は一気に変わる。

言われてみれば、公爵家で侍女を務める女性の出自が不明なはずもない。そこから父を探ることも不可能ではないかもしれないが——。

「～～～前もってそう言われていれば、もちろんわたしだって一緒に行ったわ！」

そう、昨日リオンはそんなことを一言《ひとこと》も言わなかった。ただ、領地の視察に同行しろと言っただけで、理由もなく仕事についていくなどもってのほかだとロージーは拒絶したのだ。

「だって、ロージーの驚く顔が見たかったんだよ。大好きなきみにサプライズをプレゼントしたいと思うぼくの気持ちもわかるでしょう?」

極上の美貌に麗しの笑顔。

耳に心地好い甘やかな声音。

そして、最愛の女性すら十七年もだましきるほどの知能を持つ相手に、ロージーが今さらかなうはずもない。

――おにいさまは本当に、なんだってできる。やろうと思えば、できないことなんて何ひとつないのかもしれない。だけど……。

「リオン、わたし、あなたのそういう身勝手なところが大嫌い」

毅然とした態度で、ロージーはリオンを見つめてはっきりとそう言い放った。途端に、空気が凍りつく。エルシーは事の顛末を見守ってぎゅっとこぶしを握り、オリヴァーはさも楽しげににやにやと笑みを浮かべる。

そしてリオンは――。

「えっ……!? だけど、ぼくはただきみの喜ぶ顔が見たくて……」

さすがに彼も慌てたのか、いつもの余裕綽々な表情が崩れている。片眉を上げて、ふいっと顔を背けた最愛の妹をなだめようと必死に笑みを取り繕うが、ロージーとてそう簡単に彼の言いなりになるわけにはいかない。

「もっと言ってやるがいい。その男は本当にどうしようもないほど身勝手で偏執で変態なのだ」

「陛下には言われたくありませんよ！　ロージー、昨日のことは謝る。ごめんね。心から反省してる。だから嫌いだなんて冗談でも言わないで」

両手で彼女の手を握り、青紫の瞳に真剣な光を宿してリオンが懇願する。

ロージーは上目遣いに、愛する男性を見つめた。

世界一優しくて、できないことなんて何もない完璧な兄は、今や為す術《すべ》もなく彼女の手を握りしめている。

「いつだってひとりでなんでも決めて、あとで知らされるわたしの気持ちをぜんぜん考えてない。過保護すぎるのもそう。わたしの行動を制限して、守ってやってるなんて思い込むのはおかしいわ」

——だけど、本当は全部好き。まだ一度も言ったことがないけれど、ずっとずっとあなたのことが好きだったの。

「ロージー、きみは本気でぼくのことを嫌いだと言っているのかい……？」

がっくりと肩を落としたバークストン公爵の姿など、おそらくフィアデル国内で誰一人として見た者はいなかっただろう。

もうこのくらいで許してあげる、大好きなおにいさま——。

「……結婚したら、そういうところは改めてもらわないと……こ、困るんですからね！」

赤い絨毯の上で、悲嘆に暮れた美貌の青年がパッと表情を明るくする。

見守るのは、傲岸不遜な国王と未来の王妃。

ロージーは頬を真っ赤にして、愛する男性を見つめた。

「大好き、リオン。これからもずっと、そばにいさせてください」

「こちらこそ、よろしく。ぼくの愛するローズマリー……」

しなやかな腕が彼女の体を抱きしめる。

どこか遠くで鐘の音が聞こえた気がしたけれど、あるいはただの幻聴だったのかもしれない。どちらでもいい。いずれ遠くない未来に、きっとふたりは幸せな笑顔で祝福を受けることになる。

「これでは俺の勝利が確定できぬではないか。まあいい。エルシー、奴らより先に結婚式を挙げるために協力してもらうぞ」

「オリヴァーさま、国王がそんな突然結婚式を挙げるなんて無理です。きちんと準備をして、国民に周知をして……」

「うるさい、うるさいうるさい！　俺はおまえと早く結婚したいと言ってるんだ！　そのくらい察しろ！」

「あら……オリヴァーさまって、余計なことはいくらでも言えるのに、大事なところで口下手ですね」

愛する女性の心を手に入れようと策を弄した男たちは、気づかぬうちに恋人に翻弄される運命にあるらしい。

それが世の常、恋の理《ことわり》。

策士は恋の罠を仕掛けて自ら足を取られ、獲物の少女に慰められる。

けれど、そんなことは幸福の前に些末事でしかない。

――誰の上にも幸せな鐘が鳴り響きますように。

リオンの腕に強く抱きしめられながら、ロージーは心から願った。

† † †

さて、屋敷に戻ったリオンはというと――。

「おにいさま、ちょ、ちょっと待って！　どうして別館に連れてこられたのかわからないわ。それに、わたしの本当のお父さまの話を教えてくれるって言っていたのに……！」

すっかり本性をさらけ出したのをいいことに、笑顔の仮面から素が見え隠れするのを取り繕おうともせず、ロージーを抱いて別館の階段をのぼっていた。

「そうだね。ロージーにはいろいろと話さなければいけないことがある。だけど、何よりもぼくたちは愛を確かめあうべきではないかな？」

「そ、それは……もうじゅうぶん確かめたというか……」

言いにくいことだが、今朝も寝起きにリオンは存分に彼女の体を堪能したはずだ。

「ぼくはまだぜんぜん足りないよ。だってロージーが好きだと言ってくれたのは、さっきが初めてだったんだからね。できることなら寝台の上で、ぼくの下で、甘く蕩ける声で聞かせてほしいんだ」

露骨すぎる愛情表現に、目の前がくらくらしてくる。愛し愛される喜びで胸がときめくのを感じながら、ロージーは一抹の不安も覚えていた。

「あまり急ぎたくないの。一度にたくさん愛されるより、少しずつ永く愛してほしいから……」

幸福すぎて眩暈《めまい》がすると言えば、彼は笑うだろうか。

やっと堂々と想いを告げられるようになったとはいえ、苦しみ悩んだ時間が長すぎた。そのせいか、あまり急に何もかもがうまくいくとどんでん返しが待っているのではないかと怖くなる。

たとえば、リオンにとって自分への愛情は禁じられるがゆえに高まる類《たぐい》の感情だった可能性もまだ残されている。そうでないことを祈るばかりだが、もしもいつか愛情が尽きてしまう日が来るとすれば、少しでもその日を先送りにしたい。

「……そんなかわいいことを言うなんて、ぼくを煽っているとしか思えない。きみは本当にどうしようもなくぼくを狂わせる天才だよ」

寝室の扉を片手で開けて、ロージーを抱え直すとリオンはまっすぐに寝台へ向かった。

いつの間に準備されたのか、寝台にはあふれんばかりにバラの花がちりばめられている。

最後にこの寝台で眠った夜は、いつもと変わらなかったはずなのに。

赤、黄、白の色鮮やかな美しい花の中央にリオンは彼女をそっと下ろした。白いドレスを着たロージーは、バラの妖精のようにも花嫁のようにも見える。うっとりと愛しい少女を見つめて、リオンがクラヴァットから愛用の十字架《クロス》のピンを引き抜いた。

「ああ、夢みたいだ。こんなに満ち足りた気持ちになるのは、生まれて初めてかもしれない。ねえ、ロージー、きみがいてくれるからぼくは生きていけるんだ。きみが笑ってくれるから、ぼくは……」

彼女の赤毛を撫でる指先が、かすかに震えている。感極まったリオンは、次の瞬間強くその腕にロージーを抱きしめて寝台に倒れこんだ。

「きゃぁっ！　……ん、んぅ……っ」

重なる唇の温度は以前と同じなのに、胸にこみ上げる愛情はよりいっそう充溢してキスを深くする。

甘く蕩けるくちづけに、ロージーは心を込めて彼の背に腕を回した。

「愛してるよ、ロージー」

恍惚の表情を浮かべて、彼は唇だけではなく頬に、鼻先に、閉じたまぶたの上に、額に、こめかみにキスを落とす。

「ん……っ、もう、リオン、くすぐったい……！」

「こら、避けないで。ぼくの愛を素直に感じていてよ」

ドレスの背中で結ばれたリボンが、リオンの器用な指先でほどかれていく。そういえば、彼に抱かれるときはいつもナイトドレスを着ていた。こうしてドレスを脱がされるのは初めての経験になる。

「初めて、ね……」

「うん?」

「わたしの初めては、いつもリオンなの。恋もキスも、こうして抱き合うのも、ドレスを脱がされるのも」

愛しさがあふれだして、ロージーはいつになく素直に想いを口にした。

意地っ張りで勝ち気なふりはもう必要ない。自分を守るための棘は、彼を傷つけるばかりだった。薔薇は愛するひとにその身を委ね、茨《いばら》のドレスを脱ぎ捨てる。

「……ロージーは、少しずつずっと愛してほしいって言ったけれど、ぼくには無理みたいだよ」

純白のドレスが寝台の下へ落ちた。上掛けの上にちりばめられていたバラの花がいくつも一緒に舞い落ちる。

「え……?」

「だって、ぼくはきっと激しく永遠にきみを愛してしまうから。ねえ、覚悟はいい?」

次いでコルセットがはずされ、絹の靴下が脱がされる。薄衣の下着姿になったロージーは、かすかに頬を赤く染めて愛しいひとに頷いた。

「わたしも、永遠にリオンだけが好き。あなたがいなかったら生きていけないのは、わたしも同じなの」

どんな美しい花も、太陽がなければ枯れてしまう。ロージーにとって、唯一の光がリオンだった。それは幼い日から、ずっと続く約束。決して離れないと、永遠にそばにいるとあの日の彼は誓ってくれた。

「は……、もうこれ以上煽らないでよ。優しくできなくなるじゃないか」

そう言いながらも、リオンの手は泣きたくなるほど優しい。どんな乱暴に見える行為も、どんな強引に思える愛撫も、その心の底に愛があったから感じてしまったのだと今なら言える。

――もう何も怖くない。リオンがいてくれれば……。

「優しくしてくれなくてもいいの。リオンの好きにして。わたしは、それがいちばん嬉しいから」

肌を覆っていた最後の一枚が、彼女の体から剝ぎ取られた。思わず胸元を両手で隠してしまったが、リオンにだったらどんな自分もさらけ出せる。――とはいえ、恥ずかしいことに変わりはないけれど。

「あんまりかわいいことを言わないで。ぼくのほうが、ずっと不安だったんだってきみは知らないのかい？　無理やりきみを奪って、泣かせたくせに、愛してるなんて図々しく口にするのはいつだって怖かったんだよ」

体を起こしたリオンが、優雅な手つきでフロックコートを脱ぎ捨てる。長い指が、やわらかな金髪をかきあげた。秀でた額に、はっきりとした二重の下の美しい青紫の瞳。その目に映るのは、今、ロージーただひとり。

「もう泣かせないでくれれば、それでいいと思うわ。でも、どれだけ泣いてもわたしの気持ちは変わらなかったけど」

「ありがとう。それから……ごめんね」

裸の胸が重なりあい、触れたところから甘い疼きが駆け巡る。ロージーは華奢な腕を彼の肩にかけ、じっとリオンを見つめた。

「どうして謝るの？」

「だってきっと、ロージーは気持ちよすぎて泣いちゃうから。先に謝っておいたんだよ」

いたずらな微笑を浮かべると、彼は唇をすぼめてツンと尖った愛らしい胸の先にキスを繰り返す。痺れるような断続的な快楽が、ロージーの体の内側をじわりと熱くする。

「ゃ……、ん、ん……っ、リオン……」

つぶらな頂《いただき》は甘く尖り、もっと彼を感じたいとねだっていっそうの自己主張に励む。どうしようもないほど、愛に浮かされていた。そして愛するほどに快感は高まり、愛されるほどに悦《よろこ》びは深まる。

「嫌なの？　違うでしょ。これからは、ぼくにもっとしてほしいときは、ちゃんとおねだりして……？」

赤い舌先でいとけない乳首をつつきながら、リオンは無理難題を押しつける。

「そ、そんないきなり言われても！」

「ふふ、きみは本当にかわいらしいね。だったら、おにいさまって呼んでくれてもいいんだよ」

「……？」

魅惑的な表情で、彼はそう言って目を細めた。

──名前で呼べと言ったのは、リオンのほうだったのに気が変わったのかしら。

返事ができずに黙りこんだロージーを、彼はぎゅうっと抱きしめた。

「だってロージーは、ぼくに貫かれているとき、おにいさまって言いながらいつも膣内《なか》をひくつかせていたでしょう？」

「な……っ……!?」

「かわいいかわいいローズマリー。きみは、兄に抱かれて興奮してしまうんだね。だからぼくはこれからも、寝台の上でだけはきみのおにいさまでいてあげる」

十七年もそばにいて、それでもまだリオンの知らない面はいくつも隠されているのだろう。

慈しむだけでは飽きたらず、意地悪をしたり、ロージーを困らせたり──。

そのすべてが、愛するリオンでしかないとロージーは知っている。

──おねだりなんてできない。だからちゃんと気づいてね、リオン。

何もかもが愛の証だと信じて、ロージーは赤面しつつも小さな声で彼を呼んだ。

「お……おにいさま……」

儚く可憐な誘惑に、当然リオンが気づかないはずがない。彼は嬉しそうに微笑んだ。

「よくできました」

ご褒美だよ――。

言うが早いか、彼は尖った先端を唇で食む。やわらかな粘膜に包まれた突起を吸って、その中心のひどく敏感な部分を舌で舐ってはまた吸って……。

「ぁ、あ、おにいさま……、きもち、ぃ……っ……」

肩にかけた指をきつく食い込ませ、ロージーはびくびくと腰を震わせた。すでにしとどに濡れた蜜口は、はしたないほどに彼を求めている。内壁が甘く蠢動を繰り返して、自らの動きによりますます感じてしまうほどだ。

「きみの感じてる声を聞いているだけで、ぼくもおかしくなりそう。ロージー、もっと欲しがって。ぼくを愛してると言って……」

「あぁ……っ、ん……、好き、大好き……。わたしも……もうとっくに、おかしくなってるから……ぁ……ッ」

昂ぶる熱が、足の間を擦る。濡れに濡れた淫畝を分け入って、愛らしく尖る花芽をひくつかせる楔にもどかしさがこみ上げてくる。

「ダメだよ。愛してるって言ってほしいんだ。好きじゃ足りない。わかってるくせに焦らさないで」

蜜音を響かせながら、リオンが吐息混じりにささやいた。その声音だけで、心がじゅんと濡れてしまう。

「焦らしてなんか……、あ、あぅ……っ、んーっ！　や、んっ、リオン、ダメ、や、そこ擦っちゃ……ぁ……っ」

入り口付近を擦られるだけで、今にも達してしまいそうになるロージーを見下ろし、リオンが指で合わせ目をぐっと押し広げた。

「どこがダメなの？　ここかな？」

きゅんと疼く花芽は、すでにむき出しになって蜜に濡れている。その根本から二本の指でつまみあげられて、ロージーは白い喉をそらす。

「ひ……、あ、あぁ、ダメ……ぇ……ッ」

指の腹で扱かれる刺激に、細腰が淫らに躍った。恥ずかしいほど媚蜜を漏らし、かわいらしい嬌声をあげて——。

「あ、あぁぁ、ぁ、ん——……っ」

一度目の果てに到達した体が、みだりがましく震える。ぎゅっと閉じた眦《まなじり》に、かすかに涙がたまっていた。

「勝手に達《イ》ったりして、いけないな。ねえ、ロージー、ぼくもきみを感じたいんだ。もう我慢できないよ。わかるでしょう？」

きゅぅっとすぼまった蜜口に、ひどく熱い切っ先が押しあてられる。達したばかりで濡襞はひくつき、淫路は常にもまして狭まっていた。それを知りながら、リオンは咲き誇る花の中心を愛情の楔で貫いて——。

「ぁ……、ウソ、ま、って……！　ダメ、今は、あ、あぁぁっ！」

拒絶の言葉とは裏腹に、ロージーの粘膜が悦《よろこ》びに打ち震える。彼を受け入れてはしたないほどに蜜をこぼし、とろとろに蕩けた空洞が愛で満たされていた。

「ダメなんて言いながら、こんなに感じてくれるんだよね。は……、かわいいぼくのロージー……」

互いのせつなる粘膜を擦りあわせ、もっとも弱く儚い敏感な部分で愛を確かめあうなんて、相手がリオンでなければ決してできない。

同時に、リオンだからこそ淫らな自分を知られたくないとも思うけれど、もう何も考えられないほどロージーの体は彼に慣らされてしまった。

「動くたび、きみの中がきゅぅっとぼくを締めつけてくる。ほら、わかるかい？　出ていかないで、もっと奥まできてっておねだりしてるんだよ」

「ゃ……、ぁ、ぁ、言わないで……っ……」

愛の楔に貫かれて、彼女は子どものようにいやいやと首を横に振る。長く艶《つや》やかな赤毛が寝台に広がり、まるで羽を広げた天使を思わせた。

「いいんだよ。ねえ、誰も聞いてない。きみを感じているのはぼくだけだから……」

「リオ、ン……?」

心を震わせる優しい瞳を前にして、胸がせつなさに締めつけられる。

「もうロージーは、何も怖がらなくていいんだ。強がる必要もない。誰もぼくたちを責めたりしないんだよ。きみは、ぼくの花嫁になるんだからね」

だから素直に感じてごらん——。

リオンの甘やかな声音に、心の箍《たが》が崩れ落ちていく。

いつだって、どんなに深く彼を受け入れていたときでも、ロージーは不安だった。欲望に素直になってしまえば、胸に秘めた彼への愛を悟られてしまうかもしれない。そうしたら、リオンを地獄に道連れにする羽目になるのではないかと怯えていた。

——そんなことまで、気づかれていたの……?

「叔母さまやブリジットが文句を言うなら、ぼくはきみが生まれたときからずっとずっとひとりの女性として愛してきたと告げるつもりだよ。ロージーの心と体がぼくの愛を受け入れられるまで、ひたすらに待っていたんだと言えば、最初から兄妹ではなかったと伝わるだろうしね」

「で、でも……」

「それとも、もっと早くぼくに奪われたかった?」

奥深く埋め込まれた楔が、いたずらに揺すられる。ほんのささやかな刺激ですら、心が通って初めての行為で敏感になっている媚襞には痺れるほどの快楽を与えてしまう。

「ぁ……、や……っん、ん……」

けれど、ロージーが彼の動きを追いかけるように淫路で締めつけた瞬間、リオンはわざとらしく腰を引いた。

「そう。そんなにいやなら仕方ないね。抜いてしまおうか？」

「ダ、ダメ……、おにいさま、お願い……っ」

今、引き抜かれたら——。

蜜口付近まで、ぷっくりと膨らんだ切っ先が抜き取られる。それまで押し広げられていた淫襞が、締めつける存在を失ってひくひくと内部を蠢かせた。

それだけでは済まない。

隙間のできたふたりの距離を必死に縮めようと、ロージーの腰が勝手に敷布から浮く。

「イヤぁ……っ……！　見ないで、おにいさま……っ」

「ああ、ロージー……」

腰を突き出して兄の愛杭を自らの粘膜にのみ込むばかりか、根本まで埋め込んだ彼女は淫らに腰を振っている。

「やぁ……、おねが……、ぁ、ぁ……、見ちゃイヤなの……。こんな……、は、ずかし……」

もう自分の体を制御することもできない。

今にも死んでしまいそうなほどの羞恥のなかで、自分から彼を扱く悦びを覚えたロージーは、泣きながら兄を食い締める。

「きみがかわいすぎるのが悪いんだ。頬を真っ赤にして、涙を流しながらぼくを咥え込むだなんて……。もう我慢なんてできないよ。もっともっと、きみを犯していいんだね……?」

ロージーの腰が揺らいで、リオンを深く受け入れたときを見計らい、彼は細腰を両手でつかんだ。彼女の動きに合わせて、強く腰を突き出す。

「ひ……ぁ、ぁ、あぁ……っ」

ずくん、と子宮口まで打ちつけられた淫杭に、もどかしさと焦れったさで痺れた粘膜がすがりついた。それを振りほどくようにして、リオンは楔を蜜口ぎりぎりまで引き抜き、返す刀で激しく最奥を抉る。花芽の裏側を膨らんだ切っ先で何度も何度も擦られて、ロージーはひたすら愛するリオンにしがみついた。

「おにぃ……さま……ぁ……っ」

「は……、やっぱり、きみがそう呼ぶとひどく締まる……っ」

深奥に突き刺さるのは、ただの欲望ではなくリオンの一途な愛の杭。

甘濡れの襞を押し広げて、彼の愛情がロージーを貫いている。それだけで心がいっぱいになった。

「ローズマリー、きみだけを……、永遠に愛してるから……」

つながる体とつながる心を、同じ速度で愛情が突き抜けていく。

時に激しく、時に優しく、ただひたすらに愛しあうしかできない不器用な恋人たち。

寝台の上で揺らぐのは、彼と彼女の淫らな純情。そして、その果てに待つのは――。

「も……、ダメ、あ、あぁぁ、イ……っちゃぅ……！」

リオンの背に爪を立てて、泣きながらロージーが腰を痙攣させた。

「いいよ、達《イ》って……。ぼくも、もう……、っく……」

きつく抱き合う体が、ひとつに溶けてしまいそうな錯覚を覚える。けれど、ふたりだからこそ抱き合うことができるのだと、リオンもロージーも知っていた。

ふたりだから、愛しあうことができる。

今も、これからも、永遠に。

「あぁ、ぁ……、ん……ん、あぁ――……！」

「愛してる、ロージー……っ」

高まりきった愛情が爆《は》ぜる瞬間、きつく締めつける内壁の最奥でリオンが先端をびくりと震わせた。その動きひとつ、脈動ひとつまで感じながら、ロージーは幸福に酔いしれて涙をこぼす。

――病めるときも、健やかなるときも、永遠にあなただけを愛してる、リオン……。

白い愛情《おもい》が心を塗りつぶして、彼女が意識を手放したあとも、リオンはずっと愛する少女の体を抱きしめていた。

† † †

あれから五ヶ月――。

十八歳の誕生日を過ぎても、ロージーはバークストン公爵家から逃げ出すことはなかった。当然といえば当然だが、それまでずっと家を出ることを念頭に置いて暮らしてきたのだから、一年前の自分ならば到底信じられないことだっただろう。

「ロージー、準備はできた？」

今では国王陛下の正式な婚約者となったエルシーが、淡いピンクのドレス姿で控室の入り口に立つ。

「ええ、もう万全よ。だけど、ちょっとコルセットを締めすぎたのかも。ときどき吐き気がするの」

純白のウェディングドレスに身を包み、ロージーは椅子に座ったままで親友に振り返る。エルシーの隣には、黒髪の国王がなぜか目を見開いてロージーを凝視していた。

「陛下もいらしてくださったんですね。ありがとうございます」

新郎であるリオンの悪友とはいえ、多忙なオリヴァーが参列できるかどうかは直前になってもわからなかったほどだ。彼は、それまでリオンに押しつけていた執務関連の書類一枚まですべて自分で目を通すようにしているらしい。

来春には、妖精のように愛らしい后を迎える国王が、小さく舌打ちをしてロージーを睨みつける。

——えーと、祝福に駆けつけてくれたのだと思っていたけれど、どうしてこんな怖い顔をされているのかしら……。

「今度こそ、俺の勝ちになるはずだったものを……。くっ、どういうことだ、妹！」

「え、あの、意味がわからないのですが」

今にも地団駄を踏みそうなオリヴァーの腕を、エルシーがそっと引っ張る。

「オリヴァーさま、またリオンさまと勝負していたんですか？」

「む……、まあ、それはその……」

破天荒にして傲岸不遜のオリヴァーだが、婚約者にだけは逆らえないという秘密の弱点がある。なにしろ可憐な白ウサギのようなエルシーは、オリヴァーの求愛を三年も断り続けてきたというのだから、やっと手に入れた彼女に嫌われたくはないだろう。

「勝負って？」

ロージーも、ふたりのやりとりを見ていて気になることがないわけではない。

オリヴァーが賭けをする相手となれば、どうせリオンに決まっている。またしても彼らは、女性たちに内緒で怪しげな勝負をしているのだろうか。

「それよりもロージー、吐き気がするというのは本当？」

「ええ。だけど緊張のせいだと思うわ。なんてことないから心配しないで」

花嫁の無自覚さに、エルシーが困ったように肩をすくめる。

「フン、相変わらず鈍感な女だな」

「えっ⁉」

なぜ罵られたのかわからず、ロージーは驚いてオリヴァーとエルシーを交互に見やった。けれど親友は優しい笑顔を向けてくれる。自分が失態をさらしたわけではないらしい。

「オリヴァーさま、余計なことは言わないでくださいね？　ロージーは、あとでリオンさまに言ってみるといいわ。きっとすぐにお医者さまを手配してくれるはずよ」

そっと彼女の手をとって、エルシーが瞳を覗きこんでくる。

「そんな深刻な……。せっかくの結婚式にお医者さまだなんて縁起が悪いじゃない」

「だから大げさにしなくていいわ。リオンさまにだけ、こっそり言うの。い～い？」

「……はぁい」

今、可能性を告げればロージーはますます緊張してしまうに違いない。それを慮《おもんぱか》ったエルシーに、きっとのちのちリオンは感謝するだろう。

「それより、お父さまはもう来てらした？」

かつて、ロージーの実母はとある屋敷で侍女として働いていた。仕事熱心で少々おせっかいなところのある素直な女性だったらしい。彼女はその屋敷で、身分違いの恋に落ちた。相手は屋敷の主の長男であり、その人こそがロージーの実父であるレスター卿だった。

オリヴァーとリオンのおかげで、ロージーは晴れて実の父と感動の対面を果たし、今日この日にレスター卿の娘として結婚式に臨んでいる。

レスター卿は心から愛した女性を失い、その後は結婚どころか恋愛すらせず独り身を貫いていた。そのため、ロージーの存在を知って涙を流して喜んでくれたほどだ。そして、教会に掛けあってローズマリー・アディンセルを実の娘として認めさせたのだ。

「レスター卿なら、もうチャペルの入り口でお待ちになってるわ。あら、もうこんな時間！　ロージー、そろそろ行かないと。ブーケはどこ？」

「エルシーったら、あなたがそんなに慌ててどうするのよ。ブーケなら、ちゃんとここにあるから大丈夫よ」

美しい花嫁は、夢から醒めても終わらない愛に生きていく。その手に色とりどりのブーケが抱かれているのを見て、親友はほっと息を吐いた。

緊張した面持ちのレスター卿に並んで、ロージーはヴァージンロードを一歩一歩ゆっくりと進んでいく。その先に待つのは、純白のモーニングコートをまとった世にも美しい花婿だ。参列した女性たちがついたため息で、チャペルの中に雲ができてしまうのではないかと思うほど、誰もがリオンに見蕩れている。

「リオン、きみにはなんと感謝をしていいかわからない。私の大切な娘を守り、ここまで育ててくれたこと、そして私と娘を出会わせてくれたことを、本当にありがたく思っているよ」

レスター卿は、そう言って目を細めるとロージーの手をリオンに引き渡す。

「ぼくも心から感謝しています。あなたがいてくれたおかげで、ロージーがこの世に生を受けたのですから。これからも、どうかふたりを見守ってください、お義父《とう》さん」

「ああ……。我が命果てるまで、何が起こったとしても私はふたりの味方だ。私が愛する人と添い遂げられなかったぶんまでも、きみたちが幸せになってくれ」

彼が静かに参列席へ戻るのを確認してから、リオンはロージーの腰を軽く引き寄せた。

そして、ごくごく小さな声で――。

「愛から逃げ出すのは母親譲りの筋金入りみたいだけど、ぼくはロージーが逃げたら地の果てまでも追いかけるからね。それとも絶え間なくきみを抱いて、体力を奪っておくのもいいかな。逃げたくても逃げられなくなるまで、毎晩毎晩たっぷりと……」

「ちょっと、リオン!?」

これから結婚しようとしているというのに、どれほど自分は信用がないというのか。

――そんな調子だから、陛下に妹病とか真性執着気質とか言われてしまうのよ！

「ああ、ごめんね、ローズマリー。あまりにきみが美しすぎて、少し取り乱してしまったんだ。愛するがゆえの暴走だよ。緊張もしているから冷静でいられないんだ。きみを愛しすぎたぼくを許してくれるかい？」

小声でささやかれて、思わず頬が熱くなる。

ブーケを抱いたロージーは、花の香りを吸い込んで目を閉じた。

「緊張しているのはわたしも同じよ。そのせいで最近少し吐き気がするの。新婚早々、病気で倒れたらごめんなさい」

エルシーに言われたとおり、こっそりと体の不調を告げる。するとリオンは、青紫の瞳を大きく見開いてまじまじと彼女を見つめた。

「……リオン？」

そんなに驚かれることだろうか。ちょっと緊張しているだけだというのに。

「あの、大丈夫よ。倒れるなんて言ったのは冗談で、ときどき気持ち悪くなるくらいだから、病気なんかじゃなくて……」

「ああ、神さま！　ぼくの無自覚な妻が、今回に限っては早く相談してくれたことを心から感謝します」

大げさに目を閉じて祈るように言う花婿を、ロージーは不思議な気持ちで見つめていた。

――リオンって本当に、いつまでたっても過保護なんだもの。わたしは別に無自覚なんかじゃないと思うんだけど。

「病めるときも健やかなるときも、笑うときも泣くときも、きみだけを永遠に愛していると誓うつもりだったんだけどそれはできなくなりそうだよ」

「えっ⁉」

思いがけない言葉に、つい大きな声が出てしまう。結婚式の最中に、愛を誓えないと言われるなんてロージーも想像していなかった。

「だって、これからぼくはきみのおなかに息づく子どもも、同じように愛していかなきゃいけないからね。きみだけじゃなく、きみと子どもを永遠に愛すると誓うべきじゃないかな」

「……こ、子ども……？」

平らな腹部に手をあてて。

彼女は信じられないと言いたげに目を瞠る。

「愛してるよ、ロージー。だけど初夜はおあずけかもしれないね」

若きバークストン公爵は、最愛の花嫁に優しく微笑みかける。

「ちょ、ちょっと、リオン！　声が大きい……」

ブーケを抱いたロージーは、ちくちくと視線を感じて参列客を見回した。

――あら？　誰もこっちを見ていない……？

リオンの喜びようが大げさだったせいで、周りに聞こえているかと思ったが、結婚式の最中なのに誰一人として新郎新婦を見ることなくうつむいている。逆に何かおかしいような気がしてきた。

「大丈夫、心配しないで。それ以外にも、きみを愛してると証明する方法をぼくはたくさん知っているから。ああ、そうだ。なんならすぐにでも教会を抜けだして……」

いつもの余裕を放り出すほど喜んでくれているリオンを見つめて、ロージーは恥じらいながらも幸福を噛みしめた。

と、そのとき――。

「全部丸聞こえだ、この恋愛馬鹿どもめ！　参列客が気遣って知らぬふりをしてると察するべきだろうが！」

静寂を切り裂いて、若き国王の声が響き渡る。やはりそういうことか。先ほどの違和感は間違っていなかった。

「陛下にも認めていただけるほど、ぼくの愛が深いということをご列席のみなさまもご理解いただけたようですね。本日はおいでいただき、誠にありがとうございます」

ふわりと微笑んで、リオンが参列客に会釈する。

その笑みひとつで参列客の心は和むだろう。リオンの魅力は今も健在だ。

しなやかな腕を伸ばし、愛する花嫁の腰を抱く。優雅な所作と、麗しの相貌。

誰が知るだろうか。

彼が、薔薇を手折るために練った、いくつもの策を――。


あるところに、それはそれは美しい一輪の薔薇が咲いていました。

薔薇はとても臆病だったので、いつも強いふりをして小さな棘で自分を守っていました。

けれどある日、美しい青年公爵が薔薇を手折ってしまったのです。

公爵の名はリオン・アディンセル。

一点の曇《くもり》もない美しい瞳を細めて、こよなき美貌の彼は傷だらけの両手で薔薇をそっと抱きしめました。

薔薇はそのとき、やっと気づきました。

愛する人の腕の中で茨のドレスを脱ぎ捨てた薔薇は、自分が人間の女の子だったことにやっとやっと気づいたのです。

「ありがとう、リオン……」

教会の鐘が、澄んだ音色を響かせた。

永遠の愛は始まりも終わりも知らず、ふたりの薔薇園には美しい花が咲き乱れる。それは終わらない愛情の物語。

罪深いほどにリオンだけを愛してしまったことを神に感謝して、ロージーは誓いのくちづけに目を閉じた。

あとがき

こんにちは。麻生《あそう》ミカリです。このたびはティアラ文庫二作目『薔薇を手折らば　義兄公爵の奇妙に歪んだ純な愛情』を手にとっていただき、ありがとうございます。

本作はタイトルからもわかるとおり、義理の兄が恋のお相手です。

何を隠そう、いえいえ、隠しようもないのですが、精神的タブーに立ち向かう義理の兄妹ネタが大好きであります！

兄妹と聞くだけで血沸き肉躍り、禁断の恋をおかずにごはんを三杯はいけます。あ、でも姉弟もなかなかどうして捨てがたいんですよね。

今回は義兄との禁じられたせつない恋を書くつもりだったのですが、気づけばリオンは奇妙に歪んだ妹病の人に成り果てました。残念なイケメンへの漲る情熱が勝った結果とでも申しましょうか。たぶんオリヴァーのキャラが決まったあたりから、リオンもどんどんアレな感じになってしまったように思います。陛下は常にご乱心です。

イラストをご担当くださった田中琳《たなかりん》先生、リオンの美貌に一発KOされました！　表紙はキラキライケメン、口絵になると目隠しプレイに没頭する姿はどんなご褒美《ほうび》かと画面の前で悶絶しております。ロージーの愛らしく恥じらう表情もたまりません。リオンが我慢できないのも当然だなーとにやけ顔で頷いたものです。本当にステキなイラストをありがとうございました！

そして、毎度のことながらすぐに挫けてだらけて怠けるアホウの面倒を見てくださった担当さま。今回もなんとか無事にここまで辿り着くことができました。Kさんの懐の広さに心からの感謝です！　どこまでやらかしていいんだろうと悩んだとき、「もっといきましょう！」と背中を押してくださった手にどれだけ励まされたかわかりません。

この本が書店に並ぶまで、お力添えをいただいた関係者各位。実りの少ない稲穂ですが、頭は下げっぱなしです。本当にありがとうございました！

最後になりますが、この本を読んでくださったあなたへ、最大級の感謝を込めて。

偶然の出会いか、前作からのご縁か、はたまた間違って買ってしまった可能性も含めて、あとがきまでお付き合いいただけたことを本当に嬉しく思います。あなたの心に残るシーンはひとつでもありましたか？　なかった方、期待に応えられず申し訳ありません。これからもっと努力いたします。

またどこかでお会いできることを願って。それでは。

二〇一三年　師も走る季節に　麻生ミカリ

薔薇《ばら》を手折《たお》らば　義兄《ぎけい》公爵《こうしゃく》の奇妙《きみょう》に歪《ゆが》んだ純《じゅん》な愛情《あいじょう》

ティアラ文庫をお買いあげいただき、ありがとうございます。
この作品を読んでのご意見·ご感想をお待ちしております。

✦ ファンレターの宛先 ✦
〒102-0072　東京都千代田区飯田橋3-3-1
プランタン出版　ティアラ文庫編集部気付
麻生ミカリ先生係／田中琳先生係

ティアラ文庫WEBサイト
http://www.tiarabunko.jp/

著者――麻生ミカリ（あそう　みかり）
イラスト――田中琳（たなか　りん）
カバー・口絵彩色――さくもゆき
発行――プランタン出版
発売――フランス書院
〒102-0072　東京都千代田区飯田橋3-3-1
電話（営業）03-5226-5744
（編集）03-5226-5742
印刷――誠宏印刷
製本――若林製本工場

ISBN978-4-8296-6682-1 C0193

原稿大募集

ティアラ文庫では、乙女のためのエンターテイメント小説を募集しております。
優秀な作品は当社より文庫として刊行いたします。
また、将来性のある方には編集者が担当につき、デビューまでご指導します。

募集作品

H描写のある乙女向けのオリジナル小説(二次創作は不可)。
商業誌未発表であれば同人誌・インターネット等で発表済みの作品でも結構です。

応募資格

年齢・性別は問いません。アマチュアの方はもちろん、
他誌掲載経験者やシナリオ経験者などプロも歓迎。
(応募の秘密は厳守いたします)

応募規定

☆枚数は400字詰め原稿用紙換算200枚〜400枚
☆タイトル・氏名(ペンネーム)・郵便番号・住所・年齢・職業・電話番号・
　メールアドレスを明記した別紙を添付してください。
　また他の商業メディアで小説・シナリオ等の経験がある方は、
　手がけた作品を明記してください。
☆400〜800字程度のあらすじを書いた別紙を添付してください。
☆必ず印刷したものをお送りください。
　CD-Rなどデータのみの投稿はお断りいたします。

注意事項

☆原稿は返却いたしません。あらかじめご了承ください。
☆応募方法は郵送に限ります。
☆採用された方のみ担当者よりご連絡いたします。

原稿送り先

〒102-0072　東京都千代田区飯田橋3-3-1
プランタン出版「ティアラ文庫・作品募集」係

お問い合わせ先

03-5226-5742　　プランタン出版編集部